W0389003

Unverkäufliches Leseexemplar
für Buchhandel und Presse.
Bitte veröffentlichen Sie Ihre Besprechung
nicht vor dem 21. Januar 2019.
Wir danken für Ihr Verständnis.

Josephine Rowe

Ein liebendes, treues Tier

Roman

Aus dem Englischen von
Barbara Schaden

liebeskind

Australian Government

Australia Council for the Arts

Die vorliegende Übersetzung wurde von der australischen Regierung durch den Kunstfonds des Australian Council for the Arts unterstützt.

Die Originalausgabe erschien 2016
unter dem Titel »A Loving, Faithful Animal« bei
University of Queensland Press, Brisbane.

© Josephine Rowe 2016
© Verlagsbuchhandlung Liebeskind 2019
Alle Rechte vorbehalten

Umschlagmotiv: Miguel Sobreira / Arcangel
Typografie und Satz: Frese Werkstatt, München
Herstellung und Umschlaggestaltung: Sieveking · Agentur, München
Druck und Bindung: CPI books GmbH, Leck

ISBN 978-3-95438-098-5

Für N.

Hier ist das Haus voll Kindheit,
geschrumpft auf einen dünnen roten Stolperdraht.
Keine Sorge. Nenn es doch einfach *Horizont*
& es bleibt für immer unerreichbar.
Hier heißt heute. Spring.

OCEAN VUONG

I.

EIN LIEBENDES, TREUES TIER

Es war der Sommer, in dem ein Pottwal krank in die Bucht trieb und tot am Strand von Mount Martha angeschwemmt wurde. Es war der Sommer, in dem die besten Zeichentrickfilme aus dem Programm genommen und durch Golfkriegsberichte in Infrarot-Bildern ersetzt wurden, und in dem deine Mutter sich Sprüche angewöhnte wie *Ich war mal wirklich hübsch, wisst ihr?* und *Mann, war ich mal mutig!* Während du gedacht hast, mutig sein heißt, nicht zu heulen, wenn einen die Nachbarstochter mit spitzen roten Fingernägeln in den Arm krallt, bis es zu bluten anfängt und sie selber aufschreit, weil ihr graust. Du warst noch dumm genug, dir einzubilden, das heiße siegen.

Ungefähr zu dieser Zeit tauchte dein Onkel Tetch immer öfter in der Garage auf. Am Neujahrsmorgen hast du das Rolltor hinaufgeschoben, um dein Fahrrad zu holen, und da stand er, barfuß neben dem Ölfleck, den das Auto deines Vaters zurückgelassen hatte. Die Garage war bestens aufgeräumt und sah aus wie aus dem Baumarktkatalog.

Pass auf, hast du Tetch gewarnt. Hier laufen jede Menge Spinnen rum. Rotrückenspinnen.

Weiß ich, sagte er und hielt dir einen seiner Schuhe hin, um dir die zertretenen Spinnenleichen an der Sohle zu zeigen.

Ich will nur mein Rad holen.

Tetch ging zur Wand, wo das Fahrrad stand, und schob es raus.

Ich hab die Klingel repariert, sagte er und ließ sie bimmeln.

Bei Onkel Tetch stimmte irgendwas nicht ganz, da waren sich alle einig. Andererseits stimmte bei allen irgendwas nicht so ganz – deine Schwester Lani konnte ihre Beine nicht zusammenhalten, und du hattest diesen Knoten in der Brust, der einfach nicht verschwinden wollte. Das seien nur Wachstumsschmerzen, wurde dir versichert, der Knoten ginge bestimmt bald weg; Tatsache war, dass er immer fester wurde. Und dann auch noch Belle, die arme Hündin. Was mit Belle passierte, war einfach nicht fair.

Als dein Vater fortging – Anfang Dezember, wenn die Sommersprossen wiederkommen und die Küche nach Insektengift stinkt –, schickte Tante Stell eine Postkarte, auf der stand: *Es ist besser, geliebt zu haben und zu verlieren, als für immer mit einem Irren zusammenzuleben.* Deine Mutter fand das so gut, dass sie die Karte auf den Kühlschrank stellte, und dort stand sie bis nach den Feiertagen, die kleinste ihrer kleinen Racheaktionen, zwischen lauter Weihnachtskarten mit Schnee, Rentieren und Kamelen.

Die Karte steht übrigens noch immer da, einsam und diskret stolz der hektischen Entweihnachtung des Hauses trotzend. Deine Schwester und du, ihr habt den ganzen Vormittag Lametta und Lichterketten aufgewickelt und Kunstschnee von den Fensterscheiben gekratzt, während

Lani sich beschwerte: Warum! Scheiße! Müssen immer wir das machen?

Mum würdigt sie keines Blickes. Du weißt ganz genau, warum, sagt sie. Weil es Unglück bringt, wenn man es nicht wegräumt. Ru beschwert sich nicht, oder, Ru? (Nein.)

Lani lässt den Schaber fallen. Ha, sagt sie. *Unglück*. Als könnte es uns noch beschissener gehen als sowieso schon. Und Ru beschwert sich nur deswegen nicht, weil ihr nichts Besseres einfällt. Müsste jemand in ihrem Alter nicht Hobbys haben?

So, wie sie das sagt, klingt es nachgeplappert, sicher hat sie es von jemand Älterem übernommen. Grandma Mim vielleicht. Dabei hast du sehr wohl Hobbys. Sie sind bloß nichts zum Vorzeigen.

Ru hat eine lebhafte Innenwelt, nicht wahr, Schatz? Mum zitiert deine Kunstlehrerin, wörtlich.

Deine Schwester schüttelt den Kopf und wendet sich wieder dem künstlichen Raureif zu. Genau, eine lebhafte Innenwelt … Was soll das denn heißen?

Das heißt, mach nur weiter so, Mädchen. Du wirst schon sehen, was passiert. Ru, Liebes, kannst du mir mit diesen Weihnachtsmännern helfen?

Ich weiß nicht, warum wir uns überhaupt die Mühe machen, sagt Lani, leise genug, dass nur du es hörst, während du vom Stuhl steigst, um Mum die Deko abzunehmen.

Sie hat recht – mal abgesehen vom Fahrrad, war Weihnachten auch nicht viel anders als sonst: lahme Knallbonbon-Sprüche und Herumstochern in kalt gewordenem Grillhähnchen von Safeway, während im

Wohnzimmer der Fernseher trübsinnig vor sich hin murmelt. Rotes und goldenes Lametta um die Antenne gewickelt, machte die Sache nur schlimmer.

Aber du sagst nichts. Sollen sie es doch miteinander ausmachen. Sollen sie wie Katzen übereinander herfallen, wenn es ihnen Spaß macht. Sobald du die ganzen Silberglasnikoläuse in ihre zerbröselnden Styroporsärge gepackt hast, gehört der Rest des Tages dir.

Jetzt steht Tetch in der Garage und sieht zu, wie du das Fahrrad über die sommerblonde Stoppelwiese schiebst. Toll fand er seinen Namen nie, das ist klar, aber er beschwert sich auch nicht. Du nimmst dir vor, ihn in Zukunft Les zu nennen, aber das ist gar nicht so einfach.

Okay, hat deine Mutter mal gesagt. Tetch mag nicht so schlau sein wie sein Bruder. Dafür ist er aber auch nicht so gemein.

Er ist ein bisschen jünger als dein Vater, und er hat nur acht Finger – die beiden Zeigefinger hat er sich abgesäbelt, um nicht nach Vietnam zu müssen. *Ohne Schießfinger kann man nicht schießen.* Die meisten Leute halten ihn wegen dieser Fingersache für einen Feigling, aber deine Mutter sagt, sie wüsste nicht, welcher Feigling in der Lage wäre, sich mit einer Bandsäge oder was eigenhändig zwei Finger abzuschneiden. Was er sich selber dabei dachte, keine Ahnung – sein Geburtsdatum war gar nicht ausgelost worden.

Sonst aber ist er harmlos. Täte keinem Tier was zuleide, außer um es zu erlösen, wie er es mal mit einem Fuchs gemacht hat, einem kleinen räudigen, der vor Juckreiz ganz wahnsinnig war. Heutzutage will er sich nur noch nützlich machen, hängt in der Garage rum und repariert Fahrradklingeln und so. Du hast dir zu Weihnachten gar nichts von ihm gewünscht, aber er hat ein gebrauchtes Malvern Star aufgetrieben, frisch gestrichen in Flaschengrün, ohne klappernden Kinderkram in den Speichen. Es ist das beste Nichtlebewesen, das du je besessen hast, und du fährst einhändig, legst die Hand genau in die Mitte zwischen die Hörnchen, als wäre es ein liebendes, treues Tier. *Ein liebendes, treues Tier*, das hat Dad immer über Belle gesagt. Es wird dir immer noch schlecht, wenn du an die Fellfetzen im Garten denkst, bis zum Zaun hin verstreut, so wie man manchmal ein zerfleischtes Kaninchen sieht oder ein Possum, aber nie einen Hund. Das war das Letzte, was ihr vier gemeinsam getan habt, eine grauenhafte Schnitzeljagd – Belles Reste einsammeln. Es war Dad, der das Ohr fand, ein einzelnes Ohr unter der Magnolie. Mit Seidenfell und völlig intakt, so perfekt, dass man am liebsten hineingesprochen hätte, als könnte sie noch hören, wie furchtbar sie vermisst wurde. Dad hob das Ohr ganz vorsichtig auf. Er hielt es in der flachen Hand und betrachtete es, und du hast seine Schultern zucken sehen; das hatten seine Schultern noch nie getan. Dann drehte er sich schnell um und marschierte ins Haus zurück. Er hatte Belle unter der Pyalong-Brücke gefunden, als sie noch ganz winzig gewesen war.

Vielleicht hat ein Fuchs sie erwischt. Das sagte Karlee Howard mit den spitzen roten Fingernägeln.

Quatsch. Mit einem Fuchs wäre Belle spielend fertiggeworden.

Du weißt, was es war. Natürlich hast du gesehen, wie es schwarz und geduckt in dem Meer aus hohem gelbem Gras kauerte. Es entzieht sich mühelos dem Zielfernrohr der Farmergewehre, der Känguruschützen. Erwischt wird es allenfalls mit einer Kamera, am unscharfen äußersten Bildrand: ein schmaler Schemen, ein aufblitzender Schwanz. Obwohl Wissenschaftler und Großwildjäger mit Zelten und Fallen hinter ihm her sind. Diese Kreatur ist viel zu gewitzt, es meidet ausgelegte Schlingen und bewegt sich so leichtfüßig, dass es selten tief genug in die Erde einsinkt, um einen Fußabdruck, ja irgendeine Spur zu hinterlassen. Seine Losung vergräbt es offenbar. Die Spurensicherung ergibt nichts als ein paar Gras- und Haarproben, Gewebe aus den aufgerissenen Bäuchen massakrierter Haustiere. *Ungenügende Beweislage.*

Panther nennen es die Einheimischen.

Du weißt, dass es nicht der Panther deines Vaters ist, der während des Kriegs in einer Lattenkiste aus Sumatra hergebracht wurde, weil seine Mutter abgeknallt worden war, aus Angst oder Vergnügen. Ein Panther lebt, wenn er Glück hat, zwanzig Jahre, und dieses Pantherjunge aus Sumatra hatte kein Glück – natürlich nicht –, erst verlor es die Mutter, und dann wurde es eingefangen und nach Australien geschmuggelt, wo es ein einsames Maskottchendasein auf dem Militärgelände Puckapunyal führen musste. Es muss schwach geworden sein, zu Tode gelangweilt auf diesem Stützpunkt, wo es andauernd hinter Gittern saß. Sicher fragte es sich, wo seine Artgenossen waren, wann sie es endlich holen kämen. Bestimmt fürchtete es sich vor den nächtlichen Schreien, ungewohntem Vogelgekreisch und Eulenrufen, dem Gebrüll männlicher Koalas – Sprachen, die es nicht verstand. Unterdessen diente seine Silhouette als Zierde für alles, was sich nicht bewegte, aber auch für manches Bewegte: den Arm deines Vaters zum Beispiel. Als du klein warst, kletterte der tätowierte Panther geschmeidig und schön mit ausgefahrenen Klauen den Bizeps hinauf, und dein Vater konnte ihn brüllen und sich krümmen lassen. Aber je weiter der Krieg zurücklag, desto mehr verblasste er, die Konturen weichten auf und zerfaserten, und das Tier ging in die Breite und verlor seine Wildheit, weil die bewegten Muskeln unter ihm müde und sehnig wurden.

Was ist aus ihm geworden?

Dick geworden, Schatz. Freundlich und einfältig wie ein Labrador, aber er musste weg. Ausquartiert in einen Zoo im Norden.

Was immer auch Belle zerfleischt hatte – dieses andere Etwas, das durch die Gärten schlich, um Katzen oder Hennen zu meucheln, weil es die Beuteltiere und bazillenverseuchten Wildkaninchen satthatte –, Mum sagte, bevor es sich auch noch ihre Angoras holt, macht sie einen Bettvorleger draus. Um ihnen Belles grausiges Schicksal zu ersparen, zerrte sie den Kaninchenstall zum Haus herauf, wo sie ihn ständig im Auge haben konnte. Manchmal patrouillierte sie abends an der Grundstücksgrenze entlang, hinter der es nur Weideland und Brombeerdickicht gab – und Wesen, die sich darin versteckten.

Deine Fahrradmuskeln wollen noch nicht so recht – die staubigen Hügel strampelst du im Stehen hinauf, und die Sonne liegt warm wie Öl um deine nackten Schultern.

Und obwohl deine Lunge wie Feuer brennt und eine Art Schlafsand in deinen Augenwinkeln entsteht, bricht diese Enge in deiner Brust plötzlich auf, und der helle Nachmittag ergießt sich hinein. Das neue Jahr wird besser. Ganz bestimmt. Unbedingt. Auf einer Kassette, die jemand für deine Schwester aufgenommen hat, gibt es ein Lied, das dir nicht mehr aus dem Kopf geht. Sogar wenn es so steil wird, dass du absteigen und schieben musst, ist das Lied noch da, hinter den Augen; es geht um eine Straße ins endlos Weite und darum, dass dir die ganze Welt offensteht.

Wo die Neubausiedlung entsteht, lässt die Steigung nach, die Straße wird wieder eben. An manchen Tagen tut es gut, dort herumzulaufen, auf die Dachskelette zu klettern oder durch die vielen Zimmer zu wandern, in denen noch nichts passiert ist. Die Howards bauen dort oben, sie wollen ein größeres Haus. Ein Billardzimmer, zwei Bäder und unzählige Schlafzimmer. Dort hat Karlee deinen Schneid getestet.

Du darfst sie nicht mehr treffen. Mum hat die Reihe verschorfter Halbmonde in der Nähe deiner Ellenbogenbeuge entdeckt – wie Bissspuren von einem fremdartigen Wesen mit fremdartigen Zähnen.

Wer war das?, wollte sie wissen. Warum um Himmels willen hast du sie das tun lassen? Dich so zu entstellen!

Du hast nicht geschrien oder so, hast völlig reglos in diesem Raum gestanden, von dem Karlee behauptete, dass hier bald ihr Zimmer wäre, und keinen Mucks von dir gegeben. Hast ihr Schnaufen an deiner Wange gespürt, während sie dich scharf beobachtet hat, ob du dir irgendwas anmerken lässt. Nichts. Sie hat fester gekrallt und dann zu fest. Als sie zurückgezuckt ist und sich hektisch die Nägel ausgepult hat, war es tatsächlich wie ein Sieg. Dann aber sagte sie: Jetzt du, und hielt dir den Arm hin, und du bist ausgestiegen. Schneid hattest du schon, aber eben nur diese eine Sorte.

Weichei, lachte sie.

Wie auch immer, jetzt darfst du sie nicht mehr treffen. Du wirst nie sehen, wie dieses Zimmer aussieht, wenn es Wände hat, wenn es ein Zimmer ist.

Du fährst weiter, vorbei am halb eingestürzten Heuschuppen, wo Matthew Collins seine Finger in Renee Tillman gesteckt hat, und wo der alte Schürfbagger zerfällt und im Boden versinkt wie ein totes Mastodon. Dann ist die Asphaltierung zu Ende, es geht weiter auf Kies, der sich unter den Reifen verschiebt, schließlich hört auch der Kies auf, und ein Feldweg mit tiefen Furchen beginnt, die dich zähneklappernd durchschütteln. Irgendwann siehst du nur noch drei Farbstreifen, Straße, Gras, Himmel, gewellt wie eine flatternde Fahne, und es ist, als sei die Zeit stehen geblieben, wie traumloses Schlafen oder waches Träumen, bis die Straße in einem Verhau aus krummen Zaunpfosten und Drahtrollen endet. Du hievst das Fahrrad darüber und schiebst es durch durstiges Gras auf eine Gruppe von Zypressen zu, die sich aus Heuschrecken und Staub erheben, eine stille grüne Insel. An der Zypressenrinde hängen die Hüllen von Zikadenlarven, und du achtest darauf, keine zu zerquetschen, als du dein Fahrrad an einen Stamm lehnst, dich auf dem Polster aus Zypressennadeln niederlässt und aus dem Bund deiner Shorts einen Lederbeutel hervorziehst. Als dein Vater fortging, hat er seine Rauchsachen vergessen – Zigarettenpapier, Filter und Streichhölzer, den Tabak, der nach süßem Portwein, Rum und Rosinen riecht. Du hast die Sachen an dich genommen, bevor deine Mutter oder Lani dir zuvorkommen konnte, denn eines weißt du: Zigaretten sind Macht. Eine Form von toxischer Magie, die einen Streit entfachen, einen Streit beenden kann. Zigaretten sind wichtiger als Milch, als Brot, als Uniformen oder Schulgeld. Das weißt du schon lang; das hast du verstanden, als du morgens mit Schulklamotten aus dem Haus gegangen bist, die haarscharf daneben waren; zwar waren sie sauber, hatten auch die richtigen Farben, aber das fehlende Schulabzeichen war eine klare Botschaft: *arm*. Dagegen warst du machtlos, du hattest nur die Wahl: fies werden oder stillhalten und so tun, als gäbe es sowieso nichts, was du unbedingt haben wolltest. Lani hatte sich schon für Ersteres entschieden; du hast genommen, was übrig war.

Du weißt, wie viel Tabak du nehmen musst, du hast zugeschaut, wenn Dad sich am Küchentisch eine gedreht hat; in Gedanken war er irgendwo anders, weit fort vom Sonntagvormittag, von Pulverkaffee und aufgebackenen Brotkanten, von dieser Küche, die sich leise mit seinem Rauch füllte, von Rodriguez, dem Räucherzeug mit dem ekelhaften Erdbeeraroma, das Mum am Wochenende gern abbrennt. Du hast ihm in fetten und in mageren Zigarettenzeiten zugeschaut – drei Tage vor dem Zahltag drehte Dad sie so dünn wie Zweige. Jetzt kann aber ruhig eine fette Zigarettenzeit sein, denkst du, schließlich ist der Tabak schon mit getrockneten Orangenschalen versetzt, die ihn davor bewahren sollen, zu Staub zu zerfallen. Du drehst eine bleistiftdicke Zigarette, befeuchtest den gummierten Papierrand mit der Zunge, klebst sie zu. Nicht perfekt, ein bisschen klumpig, aber es geht schon.

Aus dem Versteck deines Zypressendunkels siehst du jeden Näherkommenden, lang bevor du selber gesehen wirst. Sofern sich nicht jemand bäuchlings durchs Gras an dich heranrobbt, was natürlich sein könnte. Aber jetzt ist Schlangenzeit, und da müsste man schon, um mit Dads Worten zu sprechen, dumm wie zehn Meter Feldweg sein. Kurz bevor er gegangen war, hatte er versprochen, mit euch zum Meer zu fahren, um den Wal zu sehen – bevor man sich geeinigt hätte, wie man ihn wieder fortschaffte. Du und Lani, ihr hattet nie einen aus der Nähe gesehen, weder tot noch lebendig. Letzteres wäre besser, aber fürs Erste täte es auch der tote. Es kam in den Nachrichten, dieses vom Meer ausgespiene Wunder. Überlegt wurde, ob man den Wal sprengen oder begraben oder durch Bucht und Meerenge zurück ins Offene schleppen sollte. Noch war Zeit. Morgen oder übermorgen, sagte Dad. Wir fahren hin. Aber dann passierte die Sache mit Belle, und am Morgen danach war das Auto weg, zusammen mit seinem Seesack – sicheres Zeichen dafür, dass er diesmal wieder was Längeres vorhatte –, und du hast vom Sofa aus gesehen, wie signalrote Seile um den Wal gespannt und der Kadaver mit Kränen zentimeterweise zurück zum Wasser gezogen wurde.

Die Zigaretten sind deine Privatrache, oder vielleicht sind sie auch etwas anderes: ein Locksignal, wie eine Fuchspfeife. Etwas, das deinen Vater auch gegen seinen Willen zurückbringt. Jetzt das brennende Streichholz ans Papier halten, tief einatmen, nicht husten. Nicht husten! Dann wird er mit langen Schritten den gelben Hügel heraufkommen und dir eine kleben. Das wäre das Harmloseste. Aber nicht mal das passiert.

Was ist dir zum Vermissen geblieben? Mehr, als dir wahrscheinlich in Erinnerung ist. Mehr als der Geruch nach Fichtenharz und Diesel. Mehr als bearbeitete Lederteile, mit deinem Namen eingestanzt, Tiere aus Flaschenkorken und Ostereifolie; seine Basteleien, um Hände und Geist zu beruhigen. Mehr als Auf-die-Schultern-gesetzt-Werden, damit du den Hasen im Mond besser sehen kannst; mehr als die Namen von Sternbildern und sieben Slangausdrücken für *Pferd*. Mehr als *So muss man eine Kaktusfeige essen* und *So hypnotisiert man einen Wellensittich* und *So überlistet man Durst* – man reißt sich einen Hemdknopf ab und steckt ihn in den Mund wie ein Bonbon. Mehr als Messertricks und Ammenmärchen und Scherzfragen – *Was ist grün und hängt an der Wand?* Soweit du dich erinnerst, hat er niemals aus einem Buch vorgelesen, er kann seine Gedichte und Lieder und Witze alle auswendig, um zu jeder passenden Gelegenheit etwas aufzutischen.

Dein Vater. Sein Kopf ist eine Gespensterfalle. Wenn er den Mund aufmacht, muss er alles daransetzen, dass sie ihm nicht unter Geheul entkommen. Aber sehen kann man sie, wie sie in der Dunkelheit hinter seinen Augen hin und her huschen wie ein balinesisches Schattenspiel. Nachts lässt seine Wachsamkeit nach. Pech für die anderen. Jetzt ist er irgendwo unterwegs. Verplempert seinen Silvesterabend in einem schäbigen, heruntergekommenen Zimmer mit einem Laken als Vorhang und einer Matratze, getränkt von Männerschweiß. Du hast solche Zimmer gesehen. Wie kann es dort besser sein als zu Hause? Diese traurigen, vergammelten Zimmer, aus denen ihn Mum immer wieder herausgeholt hat, während ihr beide, du und Lani, im Auto gewartet habt. Zu Tode gelangweilt, Malzbonbons lutschend, in gestohlenen Wartezimmer-Zeitschriften blätternd – *20 Tipps für den Wechsel!!* – und nicht begreifend, wie sie es immer wieder schaffte, ihn aufzuspüren. Nicht begreifend, warum sie ihn überhaupt aufspüren wollte. Wochenlang hörte sie nichts, dann kam eines Morgens ein Anruf, ein Hinweis, und sofort war sie elektrisiert. Schule fällt aus, sagte sie, heute brauch ich euch beide. Wofür genau, wusstet ihr beide nicht – um mit Parkmünzen in der Hand auf einen herannahenden Kontrolleur zu lauern? Mum zog im Rückspiegel ihren Lippenstift nach und bauschte sich das Haar – *Okay, Mädchen, drückt die Daumen* –, dann stieg sie aus und hastete die Stufen eines abstoßend wirkenden Hauses hinauf.

Dumme Kuh, sagte Lani, sobald Mum in diesem Wohnheim verschwunden war. Es ist total peinlich; er schlägt sie ja doch bloß wieder.

Wenn man sie in solchen Augenblicken sah, mit verklebter Wimperntusche und abgetretenen Absätzen, konnte man sich kaum vorstellen, dass sie mal jung gewesen war, Schwimm-Pokale und ein Model-Portfolio von Vivien's hatte. Die Beweise dafür, dass es dieses Leben gegeben hatte, waren zum größten Teil anderswo – verpfändet oder konfisziert *oben im Norden*, das hieß: Das-Haus-meiner-Kindheit, das hieß: Großeltern. Diese Leute, die nur als zittrige Handschrift auf Geburtstags- und Weihnachtskarten in Erscheinung traten, in Gestalt wattierter Kuverts mit einem Geschenk darin: Glitzerbriefpapier oder Bücher, die du schon vor Jahren gelesen hattest. In der Absenderadresse saß das Wort *Merewether* wie eine Giftspinne. *Diese Merewether-Villa*, pflegte Dad zu sagen – dabei war es gar keine, Mum bestand darauf: das ist doch keine Villa, wirklich nicht –, dort war alles.

Zum Vorzeigen hatte sie jetzt nur noch einen Polarfuchspelz und ein Foto von sich auf dem Fahrersitz der berühmten grünen Corvette, ein paar Jahre bevor sie sie verkaufen musste, um ein Darlehen zurückzuzahlen. Die Corvette strahlte, die cremefarbenen Türen sahen aus wie Flügel, und das Verdeck war zurückgeklappt. Du bist auch schon vorhanden, als leichte Wölbung unter ihrem orangefarbenen Kaftan, Baby Lani sitzt auf ihrem Schoß wie eine Puppe. Auf dem Foto ist nicht zu ahnen, was noch kommt. Und sie ahnt auch nichts. Sie lacht hinter ihrer Audrey-Hepburn-Sonnenbrille und hat keine Ahnung, dass sie die Brille eines Tages brauchen wird, um Blutergüsse und schlaflose Nächte zu verbergen.

Dies ist Exponat A im Museum Möglicher Zukünfte: das Leben, das sich glatt wie Atlasseide hätte entrollen können, hätte sie nur ihre schlanken Beine in den schönen Wagen zurückgeschwungen, den Mann mit der Kamera stehen lassen und wäre schnellstmöglich in die entgegengesetzte Richtung davongebraust. Dein Vater hätte ja das Foto behalten können.

Aber sie fuhr nicht davon. Stattdessen verkaufte sie das Auto und versuchte jede einzelne Nacht ihres Lebens, deinen Vater aus dem Dschungel, aus dem Sumpf zu holen, fort vom Lärm unsichtbarer Gewehrschüsse, von unheimlichen Lichtern zwischen Bäumen.

Als Lani fünf oder sechs war, schon alt genug, um zu begreifen, was das Geschrei bedeutete, das du noch nicht verstehen konntest, kletterte sie oft zu dir ins Gitterbett, krümmte sich um dich wie eine Muschelschale – *Groß C klein c* – und flüsterte dir zu, dass es bald vorbei wäre. Sie summte dir alle Melodien vor, die ihr einfielen – Werbejingles, Lieder aus der Schule –, um das Zerschmettern von Geschirr zu übertönen, den dumpfen Schlag, der vielleicht von dem an die Wand knallenden Kopf deiner Mutter kam. Später warst du diejenige, die zu deiner Schwester ins Bett schlüpfte und Aufnahme fand, ein oder zwei Jahre lang. Kopf an Schwanz, Sardinen auf Toast, bis sie abgebrühter war und ihr Trost zur Handelsware wurde, die du dir mit Geld oder Gefälligkeiten – wie Abspülen – erkaufen musstest. Und irgendwann hattest du ihrer Begehrlichkeit gar nichts mehr anzubieten (*Ich les diese bescheuerten Vampirbücher doch nicht mehr, du blöde Kuh*), und sie sagte, sie habe es satt, mit deinen Scheißfüßen in ihrem Scheißgesicht aufzuwachen. Irgendwann warst du selber zu alt für so was und, mit zwölf, auch zu stolz. So war das.

Du hast ein Bild im Kopf, bist aber nicht ganz sicher, wie es dorthin gelangt ist. Vielleicht stammt das Foto auch aus den Corvette-Jahren, dieses allerdings ist schwarzweiß: zottelige Männer, die im Halbkreis um eine große Grube stehen. Als Betrachter kann man ihre Gesichter nicht erkennen; man sieht sie nur von hinten, und sie haben einander locker die Arme um die Schultern gelegt. Man sieht auch nicht, was in der Grube ist. Aber irgendwie weiß man es und wüsste es lieber nicht. Im Vordergrund zwei gekreuzte Gewehre; sie sind mit dem Lauf voran in die Erde gerammt und bilden ein X. Das eine Gewehr gehört deinem Vater. Das und der Panther und das Gesicht deiner Mutter: das ist alles, was du vom Krieg weißt.

Nach drei fetten Zigaretten ist dein Hirn nikotinbenebelt, und der Nachmittag sirrt vor Hitze. Du scharrst mit der Ferse die abgefallenen Zypressennadeln zu Häufchen. Manchmal bleiben Sachen hier zurück – Bierflaschen, Knochen, ein angesengtes Stück Schlauch, einmal eine schmuddelige Baumwollunterhose in einer zusammengeknüllten Karodecke –, und du weißt, dass der Platz nicht nur dir gehört. Aber heute sind hier nur die zurückgelassenen Hüllen von Zikaden, die jetzt sechs Wochen Zeit haben, um herumzufliegen, Lärm zu machen und Sex zu haben, bevor sie sterben – ein sehr mieser Tausch nach sieben untätigen Jahren unter der Erde.

Mum hat eine ganze Kollektion davon in Reih und Glied auf dem Küchenfensterbrett liegen, was Lani absolut widerlich findet. Tante Stell stimmt ihr zu; das kann man überhaupt nicht anschauen, sagt sie, eine Parade aufgeschlitzter Rücken, da juckt es sie gleich überall. Aber Mum sagt, das sind Glücksbringer. Für sie teilt sich die ganze Welt in Glückspilze und Pechvögel, dich und deine Schwester eingeschlossen. Lanis Geburtstag ist am vierten (Pech), deiner am einundzwanzigsten (Glück). Es bringt eine gewisse Verantwortung mit sich, dieses Glück, man muss gut darauf aufpassen, es könnte sich abnutzen oder ausdünnen beim Erwachsenwerden.

An den höheren Ästen hängen noch mehr Zikadenhülsen. Hinaufzuklettern ist nicht weiter schwer, noch nicht mal mit eingenebeltem Kopf. Sieben ist eine gute Zahl. Sie geben ihren Halt an der Baumrinde nicht kampflos auf, manche verlieren dabei auch ein Bein oder zwei. Aber die restlichen Beinchen haken sich in die weiche Baumwolle deines T-Shirts und halten sich fest, als wüssten sie, wer du bist, und vertrauten dir jedenfalls.

Auf den grünen Baumarmen reitend, möchtest du sie am liebsten alle aufbewahren, vielleicht zwischen den Seiten eines schweren Buchs pressen wie Eukalyptusblüten – vielleicht gehen auch die weiten Wiesen und der endlose Himmel der letzten Dezemberstunden darin ein. Wenn du die Augen schließt, kannst du das Bild einen Moment lang festhalten, und es ist perfekt; gleich darauf aber beginnen die Ränder zu zerfließen, und es löst sich alles auf. Nach einer Weile tut es richtig weh in den Augen, zu grell und zu leer, und der Nachmittag lässt sich nicht am Verrinnen hindern, unmöglich.

Du zündest dir noch eine an und lässt das Streichholz zu einem Miniaturkohlestift niederbrennen, zum Zeichnen. Auf die Innenseite des Streichholzbriefchens.

Im Kunstunterricht zeichnest du Habitate. Nicht Landschaften: Habitate. Orte, die warten. Wenn du es schaffst, sie einladend genug zu machen, könnten dort Menschen und Tiere einziehen.

Sehr elegant, diese Bäume, diese Hügel, sagt Miss Dawes. Aber meinst du nicht, mit ein paar Schafen oder so wäre alles noch hübscher?

Die kommen später, sagst du. Irgendwas kommt; aber keine Schafe. Aus der Ferne sehen Schafe immer aus wie Parasiten.

Parasiten?

Ja, wie Zecken. Oder flauschige Läuse.

Ist mir nie aufgefallen. Aber du darfst das ganze Blatt verwenden, weißt du? Wir haben stapelweise Zeichenpapier, du musst nicht alles in eine Ecke quetschen.

Okay, sagst du, obwohl du es gernhast, wenn etwas klein genug ist, dass man es notfalls schnell auskritzeln, wieder zurücknehmen kann.

Sie beugt sich vor, um das fein schraffierte Eukalyptuswäldchen zu studieren, die wirbelnde Nachtluft, wie die fedrigen dunklen Haarkringel in ihrem Nacken, die jetzt schweißfeucht an der Haut anliegen. Was weißt du über dich in solchen Momenten? Du atmest ihren Geruch nach Wald, nach kühler Erde ein – ihre Hände sind voller Flecken vom Ton, den sie in großen Klumpen auf einer Steinplatte geschlagen hat. Ton zum Töpfern. Aber die Jungen rollen nur stumpfe Schwänze daraus, schleimig vom Schweiß ihrer Handflächen, und treiben damit die Mädchen vor sich her. Miss Dawes ist kaum älter als Lani, aber sie schreit nie. Sie fragt sich nur laut, wie es kommt, dass sie sich mit der Anatomie so gut auskennen. Das lässt ihre idiotischen Gesichter dunkelrot anlaufen.

Wie wär's mit Pferden?, flüstert sie verschwörerisch. Lässt zwei Finger über dein Blatt galoppieren. Als wärst du ein Kind.

Ja, vielleicht Pferde, sagst du achselzuckend. Am Schluss.

Okay, sagt sie. Am Schluss. Wenn sie dafür bereit sind, oder?

Eine lebhafte Innenwelt, hat sie geschrieben. Aber das schreibt sie vielleicht bei jedem, den sie nicht versteht.

(Du bist mir eine!, sagt Tante Stell manchmal und zieht dich zu einer einseitigen Umarmung an sich. Zu alt für Teddybären, zu jung für Wölfe, wie?)

Du reißt das letzte Streichholz an der Reibfläche an, hältst es an das Heftchen und lässt die Skizze von der Flamme verzehren. Nie gerät etwas so, dass es echt aussieht.

Ein heißer Wind rüttelt an deinem Baum, der letzte Nordwind des Jahres. Er kommt aus dem Landesinneren, aus der Wüste, und wird den Hume Highway entlang wehen, bis nach Melbourne hinein, wird auf seinem Weg zum Meer Feuerwerksrauch und Radio-Countdowns und halb gare Vorsätze einsammeln und dann alles über der Bass-Straße auskippen. Es kommt dir alles vor wie ein letztes Mal, ein allerletztes, als wäre nicht einfach ein Jahr vorbei, sondern ein ganzes Jahrhundert. Eine Welt. Deshalb singt sich alles, was dort unten im Gras lebt, seine Insektenseele aus dem Leib.

Dann steigt nahe der Straße Staub auf, und erst später ist, dünn und wespenartig über dem silbrigen Grillengezirpe, das Knattern eines Motorrads zu hören. Es fährt auf dem Streifen von gerupftem Gras, der sich den Zaun entlangzieht. William Irgendwas. Healy, genau; der Sohn des Automechanikers. Sein Bike ist nicht fürs Land gemacht, und das Mädchen, das ihn von hinten umfängt, ist nicht fürs Motorrad gekleidet. Sie trägt seinen Helm, aber ihre Arme und Beine sind nackt, und ihr Kleid liegt sehr eng an und besteht aus etwas nass Glänzendem, ein schwarzes Glitzerkleid, das sich an den Schenkeln weit heraufgeschoben hat.

Unschwer zu erkennen, selbst aus der Ferne: Das ist Lani. Das Kleid ist nicht ihres, sie muss es sich irgendwo geliehen haben, und mit dem kirschroten Helm sieht sie aus wie eine Puppe, deren Kopf gegen den einer Action-Figur ausgetauscht wurde. Sicher riecht das Helminnere nach Schweiß und ungewaschenen Haaren, Zigarettenatem und billigem Aftershave.

Wenn sie ihren Kugelkopf zu den Zypressen dreht, sieht sie dein Fahrrad, das wehrlos am Fuß eines Baums lehnt. Und sie wird wissen, dass du dort oben hockst, *hinterhältiges Stück Scheiße.* Zu dir hinaufklettern und dich verhauen kann sie nicht, nicht mit diesen Schuhen. Aber sie kann ekelhaft wie Katzenpisse sein, und sie hat einen sechsten Sinn und weiß immer, wo es am meisten wehtut. Du blickst auf dein Fahrrad hinunter, seine schnittige Fastneuheit, und überlegst, wie schnell du flüchten könntest. Nicht schnell genug. Also bleibt dir nichts anderes übrig, als den Atem anzuhalten, den Schmerz der scharfkantigen Nadelbaumrinde an deiner Haut zu ertragen und abzuwarten, ob deine Schwester dich entdeckt oder nicht.

Dabei hättest du sie in der Hand, weil du nicht wenig über sie weißt. Vor Weihnachten zum Beispiel ist sie zu dir ins Zimmer gekommen und hat einen L-förmigen Schlitz ins Fliegengitter vor deinem Fenster geschnitten, um ungehindert nachts aus- und einsteigen zu können. *Dein Zimmer kontrolliert Mum doch nicht, Arschgesicht.* Und die Tabletten, die sie Dad klaut, die ihn ruhig halten sollen: die verkauft sie Leuten auf Partys für zwei Dollar das Stück. Und jetzt das.

Ein Wort, sagt sie, und ich erzähl alles.

Was denn?

Das weißt du ganz genau, antwortet sie; natürlich blufft sie – was kann sie schon wissen? –, aber lieber auf Nummer sicher gehen.

Lani und der Knabe fahren direkt vorbei, wie ein Traum aus Benzinschwaden und zertretenem Gras.

Du bist nicht die Einzige auf der Welt. Du sagst es im Geist, und dann sagst du es noch mal laut, weil sie es sowieso nicht hören kann: Du bist nicht die Einzige auf der Welt. Aber deine Schwester rauscht davon, der hereinbrechenden Dämmerung entgegen, die ihre rosavioletten Krallen in den Himmel reckt, und du weißt, dass sie bald von hier fortgehen wird, ohne dich.

Als das Motorengeräusch verklungen ist, kletterst du vom Baum und legst eine Hand auf dein Fahrrad, wie um es zu beruhigen. Ein paar Zikaden sind zu Bruch gegangen, und du wischst die Überreste fort. Durchscheinende Panzersplitter und die Beinchen haften immer noch. *Sorry sorry sorry*, obwohl sie natürlich nichts gespürt haben, ihre hellen neuen Leiber sind ja anderswo. Und fünf ist okay. Fünf bringt immer Glück. Wie Verzierungen hängen sie an deinem T-Shirt, und so fahren sie mit, als du dich im schwindenden Licht auf den Heimweg machst.

Jahre später wirst du es zu erklären versuchen. Auf dem Rücken in jemandes Bett liegend, bemühst du dich, es zu veranschaulichen mit Gesten, um dich besser erkennbar zu machen. Wie du manchmal – in diesen blauen Stunden, die nicht Tag und nicht Nacht sind – an den Schultern deines Vaters vorbeisehen konntest. Vorbei an den gekreuzten Gewehren und den Männern, die erschöpft und elend die Grube umstanden. Du konntest direkt in das Silber und das Licht hineinblicken, aus dem der Augenblick bestand, und gestapelte Leichen erkennen. Gliedmaßen, die aus der planierten Erde ragen wie die bleichen Wurzeln monströser Bäume.

Du wirst gestikulierende Schatten an die Schlafzimmerwand werfen, bis hinauf zu der hohen zinnverkleideten Zimmerdecke, um dich verständlich zu machen. Wenn aber klar ist, dass es nicht geht, dass dir die Worte fehlen, du nicht einmal die Gestalt der Worte hast, wirst du deine Hände auf die Matratze zurückfallen lassen. Abgeschossene Vögel. Du wirst zulassen, dass sie gehalten werden.

Ich will nicht mehr darüber reden, wirst du sagen. Denn du wirst noch immer nicht wissen, wie das möglich war. Wie du in solchen Augenblicken an den Schultern deines Vaters vorbeischauen und doch sein Gesicht nicht sehen konntest.

Als du das Rolltor hinaufschiebst, ist Tetch ausnahmsweise mal nicht da, um anzubieten, irgendwas zu reparieren. Im Haus ist es dunkel und stickig, außer dem Kühlschrank und der Aquariumpumpe, die in ihrer elektrischen Geheimsprache miteinander flüstern, ist kein Laut zu hören. Du siehst die Plakate durch, die von der Wand gefallen sind, weil der Kleber sich löst. Am Tisch klaubst du behutsam die mitgereisten Zikaden ab und bedienst dich an Lanis Nagellackvorrat, um den Panzern einen Glanzanstrich zu verpassen: Golden, blassrosa, stahlblau lackiert setzt du sie zu den anderen auf das Küchenfensterbrett, damit Mum überrascht sein kann, wenn sie das nächste Mal abwäscht. Jetzt ist sie draußen im Garten, rupft Disteln und streitet mit den Kaninchen, denen sie eine tiefgefrorene Wasserflasche in einem alten Geschirrtuch in den Stall legt, damit sie es halbwegs kühl haben. Von der Küche aus hörst du nicht genau, was sie sagt, aber du erkennst immerhin, dass sie mit ihrer Telefonstimme spricht, ihrer besten, die immer zum Einsatz kommt, wenn sie Respekt einfordert. Von Mensch oder Tier, egal, wer zuhört. Die Kaninchen, die beide mehrere Namen haben – Raffles, Shuffles, Wombat, Houdini –, müssen jetzt auf der hinteren Veranda übernachten, unter einer mit Farbdosen beschwerten grünen Plane, damit sie vor dem geschützt sind, was Belle umgebracht hat.

Versuch sie mal zu fragen, worüber sie eigentlich mit ihnen redet – wie viel kann ein Mensch einem Hasen zu sagen haben? –, sie zieht sowieso alles ins Lächerliche:

Ich sag ihnen, sie sollen sich um ihre eigenen Karotten kümmern.

Heute Nacht werdet ihr vor dem Fernseher sitzen und das Feuerwerk anschauen; silberne Kaskaden, Feuerräder, Raketen, die vom Ufer des Yarra River abgeschossen werden, und die golden schimmernden Gesichter entzückter Zuschauer. Der ferne Explosionslärm, wie zerplatzende Luftpolsterfolie, bei dem du aufspringen und zum Fenster laufen möchtest.

Zu weit weg, Possum, sagt Mum. So hat sie dich nicht mehr genannt, seitdem du klein warst, und du bist nicht sicher, ob das bedeutet, dass die Lage schlimmer oder besser ist, als sie scheint.

Wenn die Kamera dann über die Zuschauer schwenkt,

wirst du das Meer der aufwärts gewandten Gesichter nach deinem Vater absuchen, obwohl du weißt, dass er nicht darunter sein wird – er kann Menschenmassen nicht ausstehen. Mum wird mit dem Telefon auf dem Schoß im Sessel einschlafen, und Stunden später wird Lani mit verschmiertem Lippenstift und Panda-Augen durch dein Fenster einsteigen.

Endlich, endlich werden die Albträume deines Vaters aus dem Haus verbannt sein! Dennoch werdet ihr drei während der nächsten paar Wochen immer noch mit der Erwartung aufwachen, dass sie durchs Haus treiben wie führerlose Schiffe: *Geh ins Bett. Abmarsch! Trau dich ja nicht …*

In manchen Nächten wirst du, statt wirklich zu träumen, die Vorhänge öffnen und in die Dunkelheit hinausstarren. Wirst dir gelbe Augen einbilden, die zurückstarren, und eine dunkle Gestalt, die an den Windzäunen entlang über die Wiesen schleicht. Die Witterung deines Vaters aufnimmt und ihr folgt, bis sie ihn hat; auf der Autobahn in die Stadt hinein. Zwischen Straßenbahnschienen dahintappend, während alle anderen schlafen.

2.

DIE KÜSTENJAHRE

Also, ich war mal wirklich hübsch. Und mutig war ich, richtig mutig. Mager wie ein Windhund – mit zwei Händen konnte man meine Taille umfassen – und genauso schnell. Du musst gar nicht so schauen. Ich sag's dir. Bevor ich deinen Vater kennengelernt habe. Bevor ich …

Ja, sie kann sich selber hören. Jammer jammer jammer. Evelyn legt ein cremeweißes Kleenextuch um ein Dreigespann von Plüschrehen, deren braungrauer Flaum stellenweise so abgegriffen ist, dass sie aussehen, als hätten sie eine angeborene Räude. Wenn sie nur die Mädchen dazu brächte, sie mit anderen Augen zu sehen. So, wie sie mal war – das verlangt doch wirklich nicht zu viel Fantasie; schließlich gibt es Fotos. Dann könnte sie sich vielleicht auch selber wieder so sehen. Die Freude, die Hoffnung von einst wiederfinden, in den weiten, hellen Raum in ihrem Inneren zurückkehren, der in den letzten siebzehn Jahren versperrt war. Das könnte ein Anfang sein. Von etwas. Aber Ru ist nicht überzeugt, und Lani versucht es natürlich gar nicht erst.

Als die Rehfamilie in der Schachtel verstaut ist, klebt sie den Deckel zu. Das ist jetzt alles. Schon vor Stunden war Jacks Bruder da und hat mitgeholfen, den nackten Christbaum aus dem Haus zu schleppen; die abgefallenen Nadeln haben sich von allein in den Flor des Teppichs gebohrt und eine Spur vom Wohnzimmer zur Haustür gelegt: Auch sie müssen bis Mitternacht beseitigt sein, jede einzelne, sonst passiert wer weiß was. Evelyn hebt mühsam die bonbonfarben gestreifte Weihnachtskiste hoch und folgt der Nadelspur bis zur Haustür, deren Fliegengitterrahmen sie mit ihrer gut gepolsterten Hüfte aufstößt.

Die Hitze, das Licht heute. Ganz eigenartig. Sie ist hier gestrandet, tief im Landesinneren, und doch erinnert es sie immer noch an die Sandsteinküste ihrer Jugend. Diese salzig-klebrige Luft, wenn sie zum Strand ging, um im direkt in den Felsen geschlagenen Meerbecken zu schwimmen. An jedem Sommermorgen ihrer Teenagerzeit und bis zu ihrem einundzwanzigsten Jahr. Danach gemächlich wieder heim, während das Meerwasser auf der Haut trocknet und ein feiner Puder aus Salz, fast wie Backpulver, zwischen den dünnen blonden Härchen auf ihren Armen zurückbleibt.

Aber vielleicht liegt es gar nicht an der Hitze und nicht am Licht; vielleicht hat es mehr damit zu tun, dass Jack weg ist, diesmal vielleicht endgültig. Tief im Inneren erkennt sie, dass es tatsächlich endgültig ist, weil seine Abwesenheit die Jahre unter ihr herauspeitscht, wie bei diesem Partytrick – das Tischtuch wird weggezogen, aber das Geschirr bleibt: springt kurz in die Höhe und landet klirrend nicht ganz in der ursprünglichen Position; sie muss sich wieder richten, wieder so werden, wie sie war, bevor der Tisch gedeckt wurde. So werden, wie sie war, ehe er sie das letzte Mal aus dem Meerbecken gezogen hat. Jetzt ist es so weit, Kleine, heute ist der Tag!, sagte er und trug sie, lachend und triefend, wie sie war, bis zur Tribüne, wo sein Seesack wartete, vollgestopft mit Arbeitsklamotten und Orangen aus einer Plantage in Mildura. Wie lang hatte sie niemand mehr Kleine genannt?

Sie erlaubt sich noch mehr – *Suhlen* hätte Jack es genannt, in Wahrheit aber ist es viel zu heiter, viel zu schön, um so genannt zu werden oder gar als verwerflich abgetan zu werden. Der ungedämpfte Schock des klaren Meerwassers, der in Wellen durch sie hindurchgeht, angefangen bei den Fingerspitzen, wenn sie mit dem Kopf voran vom Startblock springt. Kein Japsen über die Kälte, keine Zeit verlieren. Ein paar Zentimeter unterhalb der Wasseroberfläche dahingleiten, fünfzig Meter, ohne ein einziges Mal Luft zu holen, die Hitze des Tages spüren, die durchs Wasser herunterbrennt und mit höher steigender Sonne auf ihr Rückgrat trommelt. Instinktiv, wie von einem Echolot geleitet, wusste sie, wo sie wenden musste; Rolle vorwärts und mit den Zehen die steinerne Beckenwand erspüren, sich abstoßen und die Lunge füllen mit Atem für den Rückweg.

Mit den Badeanzügen, die sie damals hatte, könnte sie das ganze Jahrzehnt abstecken. Fast jedes Jahr gab es einen neuen. '66 den zitronen-buttergelben mit rosa Flamingos an den Hüften. '67 den smaragdgrünen Zweiteiler mit dem eingewebten Sternenstreifen. '68 den raffinierten marineblauen Jantzen mit weißen Paspeln und Keil. Den wechselte sie nicht mit der Mode, sie mochte ihn zu sehr. Sie trug ihn von achtzehn bis zwanzig, sprang so lange in das rechteckige Becken mit gefangenem Meer, bis der Gummi ausgeleiert war und der Badeanzug um ihre braunen Schenkel schlabberte.

Einmal wurde über Nacht ein Stachelrochen ins Becken geschwemmt, wahrscheinlich von einer Flutwelle über die Barriere zwischen Schwimmbecken und offenem Meer getragen. Vor ihrem Kopfsprung hatte sie ihn nicht gesehen; erst als sie die Vierzig-Meter-Linie überquerte, war er auf einmal unter ihr auf dem Beckenboden, wo er sacht seine Ränder anhob wie ein Spiegelei in der Pfanne. Evelyn stoppte jäh; eine Weile ließ sie sich über ihm treiben und blickte durch die drei Meter Wasser zu ihm hinunter, wo er riesig und fast reglos lag, eine Gestalt aus blauem Granit mit weißen Einsprengseln, die aussahen wie die Sternenkarte einer fernen Galaxie. Und seine Flügel – heißt das so, kann man Flügel dazu sagen? – hatten eine Spannweite wie ein chinesischer Drachen.

Wie lang trieb sie da über ihm als lautloser Hubschrauber, der über einer unerforschten Insel schwebt? Sie wartete auf irgendein Tun, eine Bewegung des Rochens, doch er schien entweder ganz zufrieden oder ergeben in sein neues Leben als Gefangener. Vielleicht fühlte er sich hier sicher. Als sie tags darauf wiederkam, hatte er sich aus dem Staub gemacht oder war fortgeschafft worden.

So was wird nie mehr passieren, denkt sie – nicht jetzt, nicht hier. Wie denn auch? Diese weit ausgreifende Leere, die unaufhaltsam in einen eindringt; hier kann sich nicht plötzlich Schönes oder Unwahrscheinliches heranpirschen. Man sähe es aus weiter Ferne am aufgewirbelten Staub, und bei der Ankunft wäre es schon wie erloschen, abgenutzt. Überraschend ist nur die Grausamkeit, nur die toxische Langeweile, die alle Fantasie verbiegt wie der Wind die Zypressen. Der Anblick der zerfetzten Belle, über den ganzen Garten verstreut … Sie schaudert.

Vor Jack hatte sie geglaubt, sie würde immer an der Küste leben, am ziselierten grünen Rand der Welt. War das so viel verlangt? Evelyn fühlt sich hier ausgedörrt, älter als ihre vierzig Jahre. Ihre letzte Begegnung mit einem Stachelrochen war schauderhaft, eine groteske Zurschaustellung von Exotik in Gestalt einer Frau vor ihr im Postamt mit einer aus Thailand mitgebrachten Souvenir-Handtasche aus lederhart gegerbter Rochenhaut. Ein weißer diamantförmiger Verbund aus winzigen Knochenperlen dort, wo die Rückenflosse sein sollte. Gewesen war. Wie passend, denkt sie jetzt; obwohl die Ironie ihr damals entgangen war.

Das ist sehr einzigartig, hatte sie kommentiert und dafür von der Frau – Organisatorin von Spendensammlungen für Elternverbände oder Feuerwehr oder sonst irgendwas, Ev erinnerte sich nicht an den Namen – ein Lächeln mit einem Anflug von Mitleid geerntet.

Tja, etwas ist einzigartig oder eben nicht, erwiderte die Frau über die Schulter hinweg und trat an den Schalter, um ihr Paket abzuholen.

Das Garagentor hebt sich nur schwer, ein bisschen quietschend. In der Garage ist es aufgeräumter als am Morgen; Tetch hat eine holprige Ordnung ins Chaos gebracht, getreu dem Naturgesetz, dass Jack alles kaputt schlägt und sein Bruder es repariert. Wie in einem Märchen aus der Alten Welt, einer Geschichte von Raben und düsteren Wäldern und Waldmenschen.

Gut mit den Händen, Tetch. Mit dem, was noch davon übrig ist. Denkt sie an seine Hände, stellt sich vor, wie sie wohl wären? Manchmal. Nur aus Neugier. Ist doch normal. Ihres Wissens hatte er nie eine Frau, aber sie nimmt an, dass der Mann einiges für sich behält in seinem Bau, diesem Labyrinth aus kaputten Radios, verletzten Vögeln, veralteten Enzyklopädien. Vielleicht ungeheuer viel, sogar in dieser Stadt. Vielleicht speziell in dieser Stadt.

Als sie ihn am Morgen über den Rasen traben sah, war sie verblüfft, wie jackunähnlich er war.

Dein Vater, war er mehr wie du oder mehr wie …?, hatte sie ihren Mann mal fragen wollen und sich dann besonnen. Schwer zu sagen. Sie sah keine Ähnlichkeit, außer in dem Blick, den er manchmal hatte. Dem leichten Zucken des Mundwinkels. Einer Steifheit der Hände. Wenn er die Hände flach auf die Tischplatte legte. Als könnte er im Holz etwas beben fühlen, so wie man die Hand auf eine Eisenbahnschiene legt, um zu spüren, ob ein Zug kommt. Oder die Entfernung eines Gewitters anhand der Sekunden einschätzt, die zwischen Donner und Blitz vergehen (oder war es andersrum?).

Er legte gern den Kopf schief, als lauschte er. Es war ihr unheimlich. Sie hörte nie etwas.

Tetch (*Les*, ermahnte sie sich, *Les*) scheint aus anderem Holz gemacht. Und das ist er wohl auch. Eine andere Mutter – ein Seitensprung wohl –, die es fertigbringt, sich wegen irgendwelcher Anfälle von Hysterie wegsperren zu lassen. Un-/absichtlich außerhalb von Inverloch mit dem Auto von der Straße abgekommen, Les noch ein ganz winziges Ding auf dem Rücksitz angeschnallt. Wie Jack es erzählte, war er eines Abends aufgetaucht, nur mit den Klamotten, die er anhatte, und einer halben Tüte Twisties, die ihm die Pfleger gekauft hatten. *Er konnte nur Tschuldigung Tschuldigung Tschuldigung sagen.* Sechs Jahre alt, ein paar Monate jünger als Jack, aber tiefäugig und nervös wie ein Pferd, bei jeder Finte seines Halbbruders zusammenzuckend. Daher sein Spitzname Tetch oder Tetchy, der Reizbare, der Empfindliche. Er war ihm geblieben, wie ein Bindi, das dritte Auge. Selbst jetzt, wo er erwachsen war, drahtig und stoisch und mit eingefallenen Wangen. Schakalgesicht, sagt ihre Schwester Estelle, die ihm nicht traut. Was an Jack faul ist, muss auch an seinem Bruder faul sein, nur besser versteckt.

Sie sind nicht vom gleichen Schlag, Stell.

Wer behauptet das denn? Trotzdem beunruhigt es mich. Du lässt zu, dass er sich in der Nähe der Mädchen rumtreibt …

Ach bitte.

Na, man kann ja nie … Erzähl mir bloß nicht, dass er normal ist, Süße. Erzähl mir nicht, dass bei ihm nicht ein paar Schrauben locker sind.

Und Evelyn muss sich tatsächlich manchmal fragen: Sind sie eine Art unerfüllbare Aufgabe für ihn? Sie und Jack und die Mädchen. Im Grunde nichts anderes als eine Riesenuhr oder ein überdimensionales Radio, eine Maschine, die so groß und kaputt ist, dass er sein Leben lang dran herumbasteln kann, ohne je so weit zu kommen, dass er einen Preis nennen müsste. Warum sonst?

Sie hievt die letzte Weihnachtsschmuckkiste in ein

frisch geräumtes Regal und schiebt sie ganz nach hinten zur Wand, damit sie so unsichtbar ist wie möglich. Bis nächstes Weihnachten – was immer das dann mit sich bringt.

Ringsum das Gerümpel der letzten paar Jahre. Nie genug Geld, aber trotzdem zu viel Zeug. Zu viel Krempel. Der blaue Jantzen-Badeanzug, den hätte sie behalten sollen. Nicht um ihn zu tragen – ausgeschlossen, dass sie da noch reinpasst; die Figur von damals ist längst dahin –, aber weil er für etwas stand. Für ein *als*. Wie soll man es nennen, dieses *als*, ihr Leben vor Jack? *Als ich euren Vater noch nicht kannte.* Die Küstenjahre. Oder die Vorkriegsjahre. *Als du die Hände so halten konntest* … Natürlich hatte der Krieg schon angefangen, irgendwo (na ja, sie wusste natürlich, *wo*), während der ganzen Zeit ihrer Planschereien im Meerbecken, in jenen faulen Sommern, von Anfang bis Ende, wie aufgefädelte Meerglasperlen auf einer unsichtbaren Angelschnur. Und manche Jungs aus jener Zeit, die Freunde von Freundinnen und ältere Brüder, waren herausgerissen und an die Front geschickt worden. In der Presse – sofern sie mal einen Blick hineinwarf – gab es Debatten, und in Fernsehen und Radio wurden Reden übertragen. Die Proteste, die Demos auf dem Broadway, die Moratorien – das kam alles später. Jedenfalls hatte das verdammt wenig mit ihr zu tun, allein die Vorstellung lag ihr so fern wie das Land, in dem gekämpft wurde.

Es war immer noch Krieg, als sie Jack kennenlernte, aber er hatte sein Soll schon erfüllt. Man konnte es kaum glauben, wenn man ihn sah, er lachte über alles Mögliche, auch das Allerdümmste … Und pomadisierte sich wie Marlon Brando, ließ sein Haar in dunklen glänzenden Wellen rechts über die Stirn fallen, und sein schiefes Grinsen bemühte sich nach Kräften um den Ausgleich dazu: Es hob sich links deutlich höher als rechts. Über jeden Blödsinn lachte er. Er fiel ihr zum ersten Mal auf, weil sie ihm aufgefallen war. Er stand einfach am Fuß der schmalen Treppe zum Vorführraum, in den Händen die sperrigen sechseckigen Dosen mit dem Film, zu dem sie und Stell an der Kasse anstanden. Was war es überhaupt für ein Film? Januar in Melbourne, und die beiden Schwestern wohnten leihweise bei Onkel und Tante. Drei ganze Wochen – was gab es zu tun, wenn man eine Million Mal den Tan-Track entlanggelaufen ist und sich alle Mühe gegeben hatte, das Schwimmen in der öligen Quallenbrühe in der Port-Phillip-Bucht gut zu finden? In Melbourne war es heiß wie Frittierfett und Schwimmen völlig indiskutabel, es sei denn, man hatte ein Auto. Also gingen die Mädchen ins Kino. Sie sahen alles, was kam. An jenem speziellen Tag könnte es der dämliche Vampir-Knaller gewesen sein, mit dem ihr Stella schon die ganze Zeit in den Ohren gelegen hatte. Und als sie zur Bar gingen, um sich eine Cola zu holen, stand der schief grinsende Vorführer wieder da. Bring uns einen Schokoriegel mit, ja? Cherry Ripe, wenn sie haben.

Und wieso auch nicht, hatte sie gedacht, nur aus Neugier, wie es da oben war (stickig, ätzend, Panik erzeugend; wie hat er das ausgehalten, fragte sie sich, als sie wusste, was sie erst später erfuhr). Aber wenn sie ehrlich war … Als sie zu Stell sagte, sie solle schon mal reingehen und ihr einen Platz frei halten, und dabei die Schokolade in rotem Stanniol wie einen Kommandostab wirbelte, wollte sie nur dieses träge, sich kräuselnde Lächeln sehen.

Ach was, komm mal wieder runter, sagte Stell später. Das war doch kein Lächeln, du Nuss, das war ein verdammtes *Beutegrinsen*.

Aber in diesen ersten paar Jahren. Als er noch vieles ertragen konnte, jedenfalls so tat, als könnte er. Als er die Gegenwart anderer Menschen noch aushielt. Bevor sich die ganzen Granatsplitter an die Oberfläche vorgearbeitet hatten. *Ich möcht dich mal in Uniform sehen*. Das hatte sie tatsächlich gewollt. Sie war idiotisch genug gewesen, um auf diese Idee zu kommen. Jetzt weiß sie alles, was sie am liebsten wieder vergessen hätte. Nie gesehen, nie erfahren, nie erlebt. Dieser *Was-dich-nicht-umbringt-macht-dich-stärker*-Mist war genau das.

Das letzte Küstenjahr gehörte einem orangebraunen Bikini – ein Teil des Honorars für einen Schmalspur-Modeljob, den sie mit zwanzig gemacht hatte, eine Fotosession für eine nicht mehr existierende Bademodenmarke, bei der sie eine nicht mehr existierende Zigarettenmarke geraucht hatte. Damals war alles in diesem dunklen Orange. Die Siebziger hat man eigentlich nur in diesen satten Orange- und schillernden Blautönen in Erinnerung. Man träumte ja sogar in Kodachrome. Kein Wunder, dass die Jugend heute glaubt, die Welt habe damals wirklich so ausgesehen.

Den Orangebraunen hatte sie an ihrem letzten Morgen am Meer getragen, als Jack aufgekreuzt war, um sie aus dem Wasser zu ziehen; *jetzt ist es so weit, Kleine*. Und eine Stunde später, als ihr Haar zu blassen, steifen Wellen getrocknet war, zu salzig blonden Meringuen, packte sie alles ins Auto, was reinpasste, und ihr Vater stand riesig und stocksteif auf der Veranda.

So dankst du es uns? Er ragte dort auf wie ein Baum, anfangs, sackte aber schnell in sich zusammen, als er sah, dass nichts sie aufhalten konnte. Wir haben dir dieses Auto nicht gekauft, damit du von uns wegfahren kannst. Deine Mutter und ich …

Aber ihre Mutter war im Haus und lehnte es ab, eine Rolle in dem Drama zu spielen. Verweigerte jeden Blick, jedes Wort, wenn Ev hineinging, um wieder einen Armvoll Kleider hinauszutragen. Dieselbe Taktik hatte sie bei Tobsuchtsanfällen angewandt, als Ev und Stell Kleinkinder gewesen waren. Augen stur geradeaus. Man muss den Unsinn auslaufen lassen, irgendwann sind sie erschöpft. Jetzt stand sie einfach in der Küche und knetete das Spültuch durch, wrang es aus, wischte das Abtropfgestell. Stell war schon in der Schule und verpasste die Chance, sich von dem Spektakel korrumpieren zu lassen. Noch gut zwei Jahre danach war sie sauer, dass sich Evelyn auf diese Weise aus dem Staub gemacht hatte.

Und du hast meine Polaroid mitgenommen!

Dad hat dir eine neue gekauft.

Darum geht's nicht …

Doch! Ich wusste, dass du wieder eine kriegst.

An dem Nachmittag war sie bis Yass gefahren, dort übernahm Jack. Dieser Janis-Joplin-Song im Radio alle paar Hundert Kilometer und Evelyn sang mit – *la-da-da-la-na-naa* –, aber nur die Passagen, die zum Rausch von Flucht und Freiheit-Freiheit-Freiheit passten, alles andere ließ sie weg; und als es dunkel war, kamen sie nach Wangaratta. Dieses Motel mit dem verblichenen Apricot-Teppich und den stuckverzierten Wänden, in dem sogar die Kunstpflanzen welk wirkten und sie zum ersten Mal in einem Bett vögelten. Dünne Laken und noch dünnere Wände und im Spalt unter der Tür der Lichtschein des Zigarettenautomaten im Flur. Es war völlig egal. Das Motel war schäbig wie jede Absteige, aber Ev war euphorisch. Nach den ersten paar Malen in Melbourne – am Strand, die Klamotten voll Sand, oder im Vorführraum, in den Jack sie heimlich eingeschleust hatte, oder sie an die Mole von Brighton gelehnt, während er sich im allerletzten Moment aus ihr herauszieht und zum Meer dreht und der Schwanz sich zuckend in die Gischt leert – nach allem Bisherigen kam ihr dieses durchgelegene Motelbett *echt* vor. (Erst viel später dachte sie mit Wehmut an die hastigen Verabredungen im Vorführraum zurück, während der Projektor den Film abspulte und sein Rattern sich mit dem rhythmischen Rauschen des Bluts im Kopf synchronisierte, ihre Hände fettig von seinen Haaren waren und unten im Publikum Begeisterung oder Schrecken ausbrach, weil Newman oder McQueen gesiegt hatte oder haarscharf dem Tod entronnen war.)

In jener Nacht im Motel lag sie auf der Decke und fühlte sich lüstern und verrucht. Als probierten sie das Leben anderer Leute aus.

Tu dir keinen Zwang an, hatte Jack gesagt, schrei, wenn dir danach ist, mein Schatz. Die Spießer hier sehen wir im Leben nicht wieder.

In der Mitte des Jahrzehnts wurde Lani geboren, landete zitternd in ihren Armen und hörte bis Anfang der Achtziger nicht mehr auf zu zittern. Wenn sie jetzt mit dem schlaksigen, vulgär daherredenden Wesen zusammentrifft, das am Ende des Flurs haust und sich mit einer verschwommen klingenden Musik in seinem Zimmer einsperrt, versucht Evelyn sich an dieses Zittern zu erinnern. An das Zittern der kleinen Wirbelsäule, das durch den Frottee-Strampelanzug hindurch fühlbar war, an den verletzlichen Blütenmund, wenn das Baby auf das mit Reißnägeln befestigte Poster starrte, das in Türgriffnähe an der Ecke eingerissen ist: Die Mitglieder der Band sehen aus, als hätten sie alle dieselbe tödliche Krankheit. Unter dem Poster ist die Zimmertür nur gesplittertes Holz und Paketklebeband. Jenseits dieser kaputten Tür ein monotones Gehämmer. Ev klopft an und wartet, bevor sie am Knauf dreht, obwohl sie weiß, dass die Tür verschlossen sein wird, egal, ob Lani da ist oder nicht. An diesem Nachmittag hat sie keine Kraft für einen Krach, sie folgt nur der Abrüstungsroutine, die sie sich im Lauf der letzten Jahre zugelegt haben. Diese beschissenen Türschlösser; im Grunde sind sie nur Fassade. Halten keinen Eindringling fern, halten ihn nur lang genug auf, damit die andere Seite Zeit hat, sich die Hosen hochzuziehen. Evelyn macht sich wortlos auf den Weg zur Küche. Stöbert in der Besteckschublade, tappt zurück durch den Flur und macht sich mit einem Buttermesser am Schloss zu schaffen. Lanis Tür springt auf, aber der Raum ist leer. Die hauchdünnen Gardinen sind zurückgezogen und geben den Blick frei auf das Fliegengitter mit L-förmigem Fluchtschlitz in der Ecke. Also weg. Heute und für immer. Selbst wenn sie nachmittags oder abends wiederkommt – oder morgen früh, wer weiß? –, wird Evelyn nicht mehr zu ihr durchdringen. Wird nicht mehr gehört. Weder Drohungen noch Fäuste, nichts wirkt. In letzter Zeit wundert sie sich schon selber über die wahnsinnige Wut, die sie oft packt und alle Vernunft erstickt. Über die Spuren am Körper ihrer Tochter, die ein Spiegelbild ihrer eigenen sind. An diesem Morgen hat sich Lani beim Abkratzen der Farbe so weit gestreckt, dass ihr Schlafanzugoberteil über die Hüfte gerutscht ist und dabei einen blauen Fleck auf Türknaufhöhe bloßgelegt hat. In wohlbekanntem Rotviolett. Energieerhaltungssatz. Absorption und Emission. Ev versucht sich zu erinnern, was sie in der Fünften in Physik gelernt hat. Dass alles irgendwohin muss. Dass aus Licht Wärme wird und aus Wärme – was? Die Hand des Physiklehrers deutet, mit einer schraubenden Bewegung, auf das Periodensystem. Sehr groß war er, sehr holländisch. Er hieß ... Ach, egal; sie weiß schon, dass nicht dies das Thema war, als er seine Tischexperimente mit Flaschenzügen und Gewichten aufbaute.

Sie steht in der Zimmertür, die Hand mit dem Buttermesser hängt schlaff an ihrer Seite. Silvesterabend. (*Gutesneuesjahr, Ev!*) Irgendwann kommt der Tag, an dem du dir sagen musst: Das ist es also. So sieht dein Leben aus. Der Tag, an dem du aufhörst, den Kopf wegzudrehen und dir die Ohren zuzuhalten – *la-da-da-la-na-naa* –, weil du endlich kapierst, dass es nichts bringt.

Seit Jahren wacht sie jeden Morgen mit demselben Gefühl auf: Das ist doch nicht mein Leben. Draußen vor dem graublauen Himmel schwankende graue Eukalyptuskronen und auf dem Nachttischfurnier die hingeworfenen Kupfermünzen aus Jacks Hosentasche. Nein, das stimmt alles nicht. Nichts davon passt. Hier ist was schwer durcheinandergeraten, wie durch den Fleischwolf gedreht. Jemand anderes hat sich ihr Leben geborgt und gurkt damit durch die Gegend, macht Strecke, wie man es mit einem geklauten Auto tut. Aber irgendwann ist Schluss damit. Irgendwann ist man zermürbt vom schlechten Gewissen. Keine Spritztour kann ewig dauern. Eines Tages wird Ev aufwachen, und dann ist es wieder da, ihr wahres Leben, steht ordentlich geparkt vor dem Haus und glänzt. Zurückgegeben.

Sie hatte es so genau vor sich gesehen. Die ganze Zeit, die vielen Jahre hindurch konnte sie es beinahe riechen – eine salzige Brise, die in diesen hohen hellen Raum hereinweht und die Vorhänge bläht.

Aber ihr Leben ist das hier. Das Buttermesser, das aufgeschlitzte Fliegengitter, der Verbund von Rückenperlen auf der Rochenlederhandtasche irgendeiner Frau. Dieser altbekannte Geschmack im Mund, wie Silberwasser; sie versteht ihn und will ihn nicht verstehen.

Draußen knirschen Reifen im spärlichen Kies auf der Zufahrt zum Haus. Estelle. Aus heiterem Himmel, wie immer, als wollte sie sie bei irgendwas ertappen. Evelyn geht den dunklen Flur entlang, vorbei an den Sonnenuntergängen und Schluchten und Wasserfällen, die über faustförmige Dellen in den Rigipsplatten getackert sind. Die Kakadu-Klamm ist ihr die liebste, ein großes Loch, das ein kleines verbirgt; sie kennt niemanden, der das außer ihr witzig fände. Zu Weihnachten hatte sie überlegt, Jack einen Balkenfinder zu kaufen, wie um zu sagen: Hier schlagen. Aber der Aufwand, nur um ihn zu demütigen – oder, wahrscheinlicher, um ihn wütend zu machen –, war ihr zu groß. Und er hätte sein Geschenk ohnehin nicht auspacken können, denn er war ja nicht da; das Hemd, das sie ihm stattdessen gekauft hat, liegt immer noch unten im Schrank vergraben.

In der Milchglasscheibe neben der Tür erscheint die lichtgesprenkelte Gestalt ihrer Schwester, *Hallo* rufend und mit orangegrellen Fingernägeln ans Glas trommelnd.

Evvie? Bist du da?

Sie öffnet die Tür. Stella in hellem Crêpe de Chine; sie sieht aus, als käme die Hitze nicht im Traum auf die Idee, ihr zuzusetzen. Dieses falsche Funkeln in den Augen und eine sehr hoch gezogene Braue beim Anblick des Buttermessers in Evelyns Hand.

Oh, Süße … Das wird aber nicht reichen, um mich loszuwerden.

Komm rein, sagt Evelyn, schon im Umdrehen. Komm aus dieser Hitze.

Immer wieder dieser Blick ihrer Schwester. Wenn sie ins Haus tritt und das schmutzige Linoleum registriert, die Geschirrstapel im Spülbecken, frische Spuren von Gewalt, nach einem neuen Ausraster von Jack. Ev will den Rundumblick ihrer Schwester nicht sehen, das Urteil, das sie darin lesen wird. Sie geht voraus, damit Stell Zeit hat, ihre diamantene Mimik unter Kontrolle zu bringen. Aber der Weg bis zur Küche reicht dafür nicht aus, und Evelyn muss sich rasch noch einmal abwenden; sie dreht den Hahn auf und füllt den Wasserkessel.

Aus sicherer Distanz sind sie Freundinnen. Wenn ein paar Hundert Kilometer Autobahn und ein ordentliches Stück Melbourne zwischen ihnen liegen, ist ihre Schwester der beste Mensch, den sie kennt. Doch aus der Nähe, wenn sie dieselbe Luft … Daran ist dieses Haus schuld, es macht sie beide zu Fremden. Auf dem Kühlschrank die Postkarte, die Stell vor zwei Wochen geschickt hat: *Es ist besser, geliebt zu haben und zu verlieren* … über dem Bild einer eleganten Frau, die herrlich gleichgültig die Achseln zuckt. Der simple, dämliche Humor anderer Leute.

Stell befreit einen Stuhl von einem Stapel Zeitungen, setzt sich und zündet sich eine Alpine an. Sie sieht sich nach Jacks Muschelaschenbecher um, der jedoch ausgeleert, gespült und – zum ersten Mal in seiner postmollusken Geschichte – aufgeräumt wurde. Evelyn holt ihn aus dem Schrank und stellt ihn laut klackend vor Stell hin, die ihre Asche abklopft und mit großen Augen fragt: Dann ist er also definitiv weg?

Definitiv … Evelyn antwortet mit den Schultern: Wer weiß. Aber sie denkt: Wenn er definitiv weg ist. Wenn er definitiv weg ist, dann muss sie ihm vielleicht nichts sagen. Muss niemandem etwas sagen. Ist davon *befreit*. Würde er es überhaupt hören wollen? Kaum. Würde er sagen: Wie schön, wir behalten es und fangen noch mal von vorn an? Kaum. Aber wenn doch und wenn – o Gott –, wenn sich herausstellte, dass es ein Junge ist? Mit einem Jungen wäre er strenger, das ist klar. Ihr Abgang damals, das war ein Junge. Es war zu früh, um es *eindeutig* sagen zu können, aber sie war sich ganz sicher. Bei beiden Mädchen hatte sie Sommersprossen bekommen, und bei diesem einen Mal keine einzige, obwohl es schon mitten im Sommer war.

Endgültig weg. Sie bemüht sich um Beherrschung: die

geballte Faust, zitternd, unter dem Kinn. Gefühlt beinahe ständig einen Türknauf im Kreuz zu haben, die blauen Flecken, die über Nacht aufblühen, wie Casablancalilien, und bei der Hälfte konnte nicht mal sie sagen, woher sie kamen.

Und als sie Stell auf der anderen Seite der Küche ansieht, die ihr nicht zwei, sondern zehn Jahre jünger vorkommt. Die straffe, hochmütige Struktur ihres Gesichts und das Haar in der Farbe, die Evs Haar mal hatte, bevor es nach Rubys Geburt unerklärlicherweise auszufallen begann. Büschelweise, während sie früher sogar mit einem breitzinkigen Kamm kaum durchgekommen war; irgendwann war nichts mehr da. Als es dann doch wieder nachwuchs, war es weiß. Eine Pusteblume, Flaumfedern, die ihr jeder Wind vom Kopf wehen konnte. Sie war noch keine dreißig. Jetzt färbt sie es mit Drogeriefarbe, die laut Packung einen hellen Honigton hat. Bei ihr sieht es aus wie Messing, und neben Stell ist es, als stünden sie in unterschiedlichem Licht: Evelyn immer im falschen.

Sie legt eine Hand auf ihren Bauch, bittet das *Etwas*, das dort drin Gestalt annimmt, wortlos um Entschuldigung. Nein, sie kann nicht. Ob mit oder ohne Jack – dieses kann sie nicht bekommen.

Sie könnte es Stell sagen.

Und Stell wird antworten: Du dumme Kuh, Evvie. Nach allem, was war, lässt du ihn dir immer noch reinstecken?

Nein. Sie wird Stell nichts sagen, die ohnehin schon gelangweilt ist oder voller Unbehagen, einfach weil sie hier ist. Die Zettel auf dem Tisch hin und her schiebt. In

Werbekatalogen blättert, die kein Mensch bestellt hat, in den Schulbüchern der Mädchen – alles nur um die Hände zu beschäftigen. Dann Rus Weltraumbericht. *Wusstest du …?* Und natürlich die Namen der Marsmonde.

Wo sind die Mädchen heute?

Gott weiß es. Wenn du sie findest, behalt sie ruhig. Evelyn durchsucht das Abtropfgestell nach einer Tasse, die weder schmutzig noch von haarfeinen Rissen übersät ist. War die Fahrt okay?

Ganz gut. Du hast nicht zufällig was Stärkeres als Tee?

Schlechte Nachrichten?

Nein, gar keine Nachrichten. Nur dass … Es könnte nicht schaden, ein bisschen zu feiern, oder?

Ah ja, warum nicht. Irgendwo muss noch Wodka sein, falls ihn Lani nicht ausgeschnüffelt hat.

Das passt.

Oder nein, vielleicht war es Rum. Weißer Rum. Passt das zu Magenlikör?

Mir ist alles recht. Estelle kramt in ihrer Strohtasche und fördert Plastikbehälter mit Zuckergussmandeln und halbmondförmigen, dicht aneinandergeschichteten Makronen zutage: Reste von ihrer Arbeit als Eventplanerin bei irgendeiner Hochzeit im Yarra Valley. Wie um ihre Nichten aus dem Versteck zu locken, lässt sie die Deckel aufschnappen. Als könnten sie miauend herbeigelaufen kommen wie Katzen beim Geräusch des Dosenöffners.

Das Tiefkühlfach ist eisverkrustet und mit eingelagerten Erbsen- und Bohnenpaketen, Gemüsemischungen verstopft. Wird eine Weile dauern, bis ich den Rum ausgegraben habe, sagt Ev.

Vergiss es. Tee ist auch recht. Und Ev weiß zwar, dass Tee keineswegs recht ist, aber sie schließt das Tiefkühlfach und macht sich wieder auf die Suche nach passablem Geschirr.

Zu jedem Besuch kommt ihre Schwester mit Nachrichten von den Eltern. *Depeschen.* Das ist der Begriff, den Ev dafür verwendet, denn Stell käme niemals auf die Idee, ausführlich zu berichten und etwa Licht in die Kluft zwischen deren Leben und ihrem zu werfen. Aber sie weiß genug. Sie weiß, dass ihr Vater nach seinem Beckenbruch wieder Treppen steigen kann; den hat er sich auf denkbar unheroische Weise zugezogen, nicht etwa bei einem Sturz in der Longierhalle, sondern weil er in der Dusche ausgerutscht ist wie ein alter Mann, der er doch eigentlich gar nicht ist, noch nicht, mit knapp über sechzig. (Sie hat die Mädchen dazu gebracht, ihm eine Karte zu schreiben und gute Besserung zu wünschen, aber falls eine Antwort kam, hat sie nichts davon erfahren.) Sie weiß auch, dass ihre Mutter ihren zwölfjährigen Kampf um den Umzug weg von der Küste und in das Haus auf dem Land gewonnen hat; dass sie, sobald der Sommer sich verzogen hat, alles dorthin schaffen werden.

Ebenfalls von Stell überbracht: Karten und kleine Geschenke für Ruby und Lani. Modeschmuck für die Art Mädchen, die ihre Großeltern sich erhofft haben oder erhoffen. Niemals Geld. Seit der Sache mit der Corvette trauen sie Ev nicht mehr.

Unbehagen macht Evelyn der Gedanke, was wohl in umgekehrter Richtung gemeldet wird. Was alles kaputt ist. Was fehlt, wahrscheinlich versetzt wurde. In welchem Zustand das Haus ist. Wie verwildert die Mädchen sind. Wie ungemäht das Gras, wie vereist das Tiefkühlfach. Und die Tassen. Die Tassen auf jeden Fall.

Sie stellt einen Becher – auffällig nur insofern, als er unbeschädigt ist – vor ihre Schwester hin, deren Fingernägel sofort am Etikett des Teebeutels herumzufummeln beginnen. Setz dich doch, bitte. Du machst mich nervös, wenn du so dastehst.

Evelyn setzt sich, mit Schälmesser und einer Süßzitrone aus dem Garten, schneidet Schnitze und arrangiert sie als Ring auf einer Untertasse, um zu verschleiern, dass keine Milch im Haus ist.

Estelle starrt sie an. Du siehst besser aus, weißt du?

Ach ja? Sie verkneift sich ihrerseits die Frage: Besser als wann?

Würde ich sagen, ja. Es ist immer dasselbe, wenn er geht. In der allerersten Zeit wirkst du total fertig. Als hätte er's geschafft, dich auch innerlich durchzuprügeln. Aber wenn er dann ein paar Wochen weg ist …

Sie beugt sich vor, hält den eingeatmeten Rauch, mustert die Schwester scharf. Bohrt den Blick in Evs Augen, als versuche sie, eine verborgene Lücke zu entdecken. Schließlich lehnt sie sich befriedigt zurück.

Es ist, als gingen die Lichter wieder an, sagt sie.

Evelyn hat den Drang, in einen Zitronenschnitz zu beißen, damit die akute Säure den unangenehmen Metallgeschmack überdeckt. Den Drang, durch Druck mit der Zunge Zitronenzellen zum Bersten zu bringen. Sie gibt ihm nach, löst mit den Zähnen den gelben Streifen Schale ab, und sollte Stell das sonderbar finden, so lässt sie sich nichts anmerken.

Die Lichter gehen wieder an, sagt Stell noch einmal. Und dann denke ich immer: Dieses Mal wacht sie auf. Vielleicht schafft sie's jetzt. Weißt du, es gab eine Zeit – okay, offen gestanden ist es Jahre her. Jahre nachdem du gegangen bist. Ich ging in dein Zimmer und durchstöberte alles, einfach weil ich es konnte, weil du mich nicht mehr dran hindern konntest. Auch deine Bücher. Ich habe *The Living and the Dead* zwei Jahre vor der Zeit gelesen, einfach aus Bosheit.

Das ist aber eine ziemlich strebsame Sorte Bosheit; ich habe davon nicht mal eine Seite zu Ende gelesen. Evelyn schiebt den Zitronenteller von sich. Ich dachte, wir waren damals ganz gut miteinander.

Stell wirft ihr einen Blick zu. Dachte ich auch. Aber du hast ja nicht mal angerufen. Jedenfalls wurde mir irgendwann klar, dass die ganzen Sachen nur deshalb noch in deinem Zimmer waren, weil du sie nicht gewollt hattest. Nichts davon war dir wichtig, nicht sehr jedenfalls.

Ich habe geschrieben, sagt Evelyn. Und es waren nur Dinge. Sie glaubt selber keine Sekunde daran, und wahrscheinlich hört man ihr das auch an.

Darum geht's jetzt gar nicht. *Ich* hab das gewusst. *Ich* wusste, dass dir nichts davon wichtig war. Mum aber ging mit deinem Zimmer um, als wärst du gestorben oder so. Wie die Leute halt werden, wenn ihnen ein Kind stirbt. Komisch. Dein altes Zimmer war wie ein verdammter Evelyn-Schrein. Erst vor ein paar Jahren hat es ihr endlich gereicht. Genug ist genug, und …

Stell bläst Rauch zur Decke, schickt dann ihre Worte hinterher. Schau, wenn er endgültig weg ist. Wenn er wirklich für immer weg ist, warum tust du's nicht auch?

Warum tu ich was nicht?

Ach komm, jetzt sei nicht blöd. Stell dich nicht blöd, zischt sie und zerdrückt ihre Zigarette in der schillernden Muschelschale. Sie helfen dir, wenn dadurch die Mädchen rauskommen aus dieser …

Aus dieser was?

Dieser – Situation.

Situation?

Herrgott, jetzt verdreh mir doch nicht jedes einzelne Wort. Ich sage nur, es ist eine Möglichkeit. Du *hast* Möglichkeiten.

Würdest du's tun, nach allem, was war?

Stell breitet die Hände aus. *Auf der Stelle*, soll das heißen.

Ach Gott. Aber du warst ja immer auf ihrer Seite.

Nein, antwortet Stell, sie sei auf niemandes Seite. Ich bin die Schweiz, sagt sie von der anderen Tischseite her.

Ev schüttelt den Kopf. Ich komme nicht zurückgekrochen, niemals. Punkt.

Dabei ist sie im Geist oft dort; manchmal muss sie nicht mal die Augen schließen, um sich zurückzuversetzen. Dann sitzt sie auf dem Tor und schwingt ein Bein drüber. Atmet Luft, die nach Luzernen riecht und nach sonnengedörrtem Leder. Da ist die ehemalige Turnierstute, die ihr so rückhaltlos vertraut, dass sie nicht aufgezäumt, nicht mal gesattelt werden muss. Ev braucht nur eine Decke, die sie über den breiten Pferderücken wirft, und ein dünnes Seil, um sie zu führen – das zähe alte Maul reagiert auf das leiseste Rucken. Wahrscheinlich könnte sie die Stute nur durch Gedankenkraft führen, *jetzt links, jetzt rechts*, bis hinunter zum Fluss und hinein in das breit fließende schwarze Wasser, die Stute nass bis zu den Flanken, während an Evelyns Knöcheln sacht die Strömung zieht.

Es ist immer noch alles da, dort auf dem Land, dem elterlichen Anwesen, die Pferde, die mit samtener Schnauze ihren Vater an der Schulter stupsen, ihre Mutter, die mit Strohhut und Korkabsätzen sonntags zum Pferderennen geht. In feuchten Mondnächten wandern immer noch Aale vom Damm zum Fluss; das ist ein graues Wallen und Wimmeln im nassen Gras, geradezu biblisch. In der Longierhalle flitzen immer noch einjährige Fohlen im Kreis rund um Aemon, der staubiges Gold aus ihnen macht.

Letzten Endes ist ein Pferd ein dummes Tier. Sprach Aemon, der Jeansphilosoph, während sie ihm zusah, wie er einen stichelhaarigen Fuchs am langen Zügel durch die Halle kreisen ließ.

Ein Pferd rennt sich zu Tode, frisst sich zu Tode, säuft sich zu Tode, wenn du es lässt. Es ist das einzige Tier, dem man das Maßhalten beibringen muss.

Evelyn weiß noch immer nicht, ob das wirklich stimmt oder ob es nur Gerede ist, oder Gerede mit erbaulichem Beiwerk, Gerede, das sie beherzigen soll.

Aber dieser Fuchs. Seine Färbung ist fast vogelhaft. Blue Boy zieht im Halbdunkel seine Kreise, und Aemon dreht sich mit; Ironbark, als er Rennen lief. Und nach ihm kamen Old Pardon, Kiley's Run, Wind's Message – ihr Vater nannte alle seine Pferde nach Gedichten von Banjo Paterson, nach seinen Buschballaden, denn er war überzeugt, dass dann der Geist des Gentlemans und Hasardeurs herabstiege, um die Pferdefesseln zu berühren und Glück zu bringen. Ob es Glück war oder Aemons Verdienst: Sie bewegten sich jedenfalls so, wie sie sollten, und sie konnten Geld verdienen.

Es gab Nachmittage, riesige und ziellose, an denen außer ihr niemand im Haus war, weder Jack noch die Mädchen. Nur Evelyn, die mit der Zeitung auf den Stufen zum Garten saß, umringt von Wochenendbeilagen in halb zerfledderten Garben, gegen das Davonfliegen mit einem Kaffeebecher oder Sandwichteller beschwert. Auf dem Schoß die Rennergebnisse, die sie nach bekannten Namen überflog. Nur ein einziges Mal ging sie so weit, selbst in die Stadt zu fahren, um eine bescheidene Each-Way-Wette auf Come-By-Chance zu setzen. (Auch das ein Paterson-Name, das Gedicht und das Pferd, von dem es handelt; sie hat es selbst immer sehr gemocht und erinnert sich deutlich an die Stimme und das soldatische R ihres Vaters, wenn er es vorlas.) Dann stand sie da im Mief des Wettlokals, angestarrt von verkrachten Existenzen mit Nikotinbärten, während sie selber auf die Bildschirme starrte. Der junge Hengst kam als Dritter ins Ziel, entsprach damit genau den Erwartungen, und Evelyn bekam ihr Geld bis auf den Dollar exakt so zurück, wie sie es eingezahlt hatte. Sie hatte Lust, etwas zu zerbrechen. Zu lachen und dabei etwas zu zerbrechen, gleichzeitig. Aber sie ging still zum Schalter und schob ihren Wettschein unter der Scheibe hindurch, strich die paar Dollar ein, die weder Verlust noch Gewinn waren – oder beides zugleich –, und investierte in eine Flasche Apfelsaft mit einem Éclair aus der Bäckereifiliale. Beide schwitzten, als sie ihre Ausbeute nach Hause gebracht hatte, um wieder auf den Stufen zu sitzen, wo sie sich die zerlaufene

Glasur von den Fingern leckte und das Gebäck mit viel Apfelsaft hinunterspülte, während sich Belle, das Fell mit Spinnwebgirlanden und Blüten behängt, unter dem Wandelröschenbusch hervorwand. Evelyn brach kleine Stückchen Gebäck ab, warf sie dem Collie zum Fangen hin und fragte sich: Seit wann ist das Leben definiert von dem, was fehlt? Wann hat es angefangen, sich seine Gestalt von den Abwesenheiten vorgeben zu lassen?

Und jetzt ist Stell hier – auf wessen Anweisung eigentlich? –, sitzt ihr gegenüber und wartet auf eine Antwort, als hätte sie noch keine.

Sag mal, beginnt Stell, was willst du eigentlich?

Aber Evelyn kann es nicht sagen. Sie will, sehnlichst … Es lässt sich nicht in Worte fassen. Es liegt irgendwo hinter ihr, in weiter Ferne. Unwiederbringlich. Sie will den orangebraunen Anfang. Den Jantzen. Die Corvette. Diese *Dinge.* Aber kein Gefährt wird sie je dorthin zurückbringen, das weiß sie natürlich. Und es gibt öffentliche Plätze, an denen sie am liebsten schreien möchte, HILFE. An denen sie es vielleicht sogar lautlos mit den Lippen geformt hat: Kann mir BITTE jemand helfen. Vor dem oberen Brotregal im Supermarkt. Aber da ist nie jemand.

Die Sache mit dem verdammten Auto haben sie mir nie verziehen. Dabei war es doch wirklich nur ein verdammtes Auto. Und danach habe ich von ihnen nur noch Ultimaten bekommen.

Du wirst dir den Hals verrenken, Süße, wenn du andauernd zurückschaust.

Stimmt. Lots Weib. Wie hieß sie eigentlich? Hatte sie überhaupt einen Namen?

Estelle schüttelt den Kopf. Nein. Oder wenn, dann weiß ich ihn nicht mehr. Sie haben ihn uns nie gesagt.

Das ist der Moment, in dem Evelyn drauf und dran ist, es zu erzählen. Von der Schwangerschaft. Drauf und dran zu fragen: Was soll ich …? Aber wie um diesem Grauen zuvorzukommen, schiebt Stell scharrend den Stuhl zurück und sagt: Wie auch immer. Ich hab's einfach nur satt, immer wieder denselben Mist durchzukauen. Du tust, was du tust, und wir anderen werden einfach …

Sie verstummt jäh. Legt sich sogar die Hand vor den Mund. Entschuldige, sagt sie. Evvie. Wir lieben dich, das weißt du?

Evelyn nickt, aber irgendwie macht die Art, wie sie das sagt, mit dieser starken Betonung des Wortes *lieben*, diesen Satz schlimmer als den ersten, unvollendeten, und Evelyn möchte, dass sie geht.

Und das tut sie auch bald. Stell zieht ihre Handtasche von der Rückenlehne und schiebt einen schlanken Arm unter den Henkel, ergreift mit einer Hand das Zigarettenpäckchen; die Makronen lässt sie liegen und weich werden. Sie runzelt die Augenwinkel in einer Weise, dass es wie ein Lächeln wirkt, beinahe. Und Evelyn riskiert es, einen Arm um sie zu legen, dass es wie eine Umarmung wirkt, beinahe; sie spürt die Rippen unter der cremefarbenen Seide.

Bis nächstes Mal.

Bis nächstes Mal.

Beinahe. Aus dem Schatten der offenen Haustür sieht sie zu, wie ihre Schwester diesen flotten kleinen Japaner bis ans Ende der Zufahrt zurücksetzt und zum Abschied mit einer Hand aus dem Fenster winkt, einmal kurz auf die Hupe drückt. *Zurück nach Yuppieland.* Jacks Stimme in ihrem Kopf – er vergiftet alles.

Es sollte ein Neuanfang werden, dieses Haus. Ein Versuch, die Ärmlichkeit und Feuchtigkeit der frühen rastlosen Jahre zu überbauen. In ihrer ersten gemeinsamen Zeit waren sie andauernd umgezogen und ein, zwei Mal auch die Miete schuldig geblieben, als es sein musste. Oder als es nur recht und billig schien, nicht zu zahlen. Diese kakerlakenverseuchte Zweizimmerwohnung in Collingwood; die zerstückelte Herrschaftsvilla in St. Kilda, in deren Garten Disteln wie Unkraut aus dem Boden schossen; der baufällige Bungalow in Fairfield, direkt am Bahngleis. Aber am glücklichsten waren sie wohl in dem maroden Schindelhaus mit seinem heulenden Warmwassersystem und seinem aufgeworfenen Linoleum. Verdächtige Flecken auf dem Teppich – sie hatten ihre Matratze daraufgelegt, und er hatte mit seinen rauen Händen ihren wachsenden Bauch, ihre schmerzenden Füße und ihren steifen Rücken mit Babyöl massiert, dabei tat ihm selber alles weh von seinen Betonierjobs, den Lageristenjobs und Nachtwächterjobs, von Frühschichten und Spätschichten und endlosen Nachtschichten. Und es war zwar nicht die Küste, aber Wasser gab es, sogar nah genug, um zu Fuß hinzugehen. Oder eigentlich zu watscheln. Seine alte Jacke am Flussufer auszubreiten und darauf zu dösen wie eine Katze, den Bauch himmelwärts gereckt, der Spätsommersonne entgegen. Einmal war sie davon aufgewacht, dass er über ihr stand und sie bei ihrem Nickerchen beobachtete.

Dachte mir schon, dass ich dich hier finde.

Schlaftrunken setzte sie sich auf. Du bist aber früh fertig. Sag nicht, dass sie dich …

Doch. Arschkarte, wieder. Hier ist dein Hut, hey, was hast du's denn so eilig?

Trotzdem, es war die beste Zeit. Erst später, gegen Ende dieses Jahres oder Anfang des nächsten, wurde er zunehmend grob. Vielleicht fing es an, wenn er sie liebte. Sie mit einem Unterarm über dem Schlüsselbein niederdrückte. Wenn seine Daumen sich tief in ihre Oberschenkel gruben. Wenn sie dalag und dachte, *das gibt blaue Flecken, das gibt blaue Flecken.* Manchmal machte er ein Spiel draus. Manchmal nicht. Ließ sie sich ein kleines Stück aufrichten, nur ein paar Zentimeter, und drückte sie gleich wieder zurück auf die Matratze. Auf die gleiche Weise redete er manchmal mit ihr – hob sie in den Himmel und streckte sie gleich darauf nieder.

Gott, bist du schön. Du bist so verdammt … wenn du dein Haar so trägst wie jetzt. Gefällt das den anderen? Diesen anderen Typen, mit denen du rumvögelst? Mögen sie's, wenn du dein Haar so trägst?

Und er hatte nicht geglaubt – sie hatte ihn nicht überzeugen können, anfangs –, dass Lani von ihm war. Er wollte Beweise.

Beweise? Na ja, vielleicht schaust du sie einfach mal *an.*

Ich könnte sie anschauen, wenn sie mal *eine verdammte* Sekunde ihr Maul halten würde.

Aber das Baby sah damals beiden nicht ähnlich. Als sie noch ganz winzig war, packte Evelyn sie gern in die Corvette und fuhr einfach herum. Irgendwohin. Ins Blaue hinein, die Richtung war egal. Es ging nicht anders in den ersten Jahren, mit diesem ständigen Zittern und dem endlosen Geschrei – Lani heulte wie die sich auftuende Erde, und nichts konnte sie beschwichtigen, außer wenn man sie, zitternd und tränenüberströmt, zum Auto trug. Dort lag sie festgeschnallt in ihrer Tragetasche auf dem Beifahrersitz und beruhigte sich auf der Stelle; schon am Ende der Straße war sie still. Als dann Ru auf die Welt kam, war sie natürlich schon robuster, aber auch Ru war robust, lag in ihrer Tragetasche und machte große Augen, und Evelyn versuchte, auf keinen Fall erwischt zu werden, wenn Lani auf ihrem Schoß hinter dem Steuer saß, mit ihrem schläfrigen Kindergewicht an Evelyns Körper geschmiegt wie ein Geschenk des Himmels, und der Sicherheitsgurt sie beide umschlang, halbwegs sicher.

Sie fuhr, bis beide Mädchen schliefen, und manchmal auch länger, wie weit sie mit der Hälfte der jeweiligen Tankfüllung eben kam – Herr im Himmel, der Karren soff Benzin! –, bis die Tankuhr ihr sagte: Jetzt heim. Und selbst dann. Selbst dann musste sie ihren Fuß auf die Bremse zwingen. Denn alles Atmende in diesem engen Raum war ihres. Ihres allein, schien ihr. Und sie dachte darüber nach. Ob Jack zu Hause war und irgendein Gift ausschlief oder wieder mal abgehauen war, ob er wieder betäubt von Neuroleptika und allerlei Obskurem und ihr auf andere Weise fremd geworden, ins Repat eingeliefert worden war, ins Militärkrankenhaus. Sie hatte darüber nachgedacht. Ru dösend im Kindersitz, die Ältere eingerollt auf ihrem Schoß, ohne sich vom gelegentlichen Rempeln der Knie, zu dem es beim Schalten zwangsläufig kam, stören zu lassen oder gar aufzuwachen. Im Portemonnaie hatte sie vielleicht noch zwanzig Dollar, und bis zum nächsten Zahltag dauerte es noch gut eine Woche, aber wenn sie zusätzlich ihren Ring als Pfand daließ und, na gut, auch ihre Uhr – es war nicht das erste Mal –, dann bekäme sie wohl einen vollen Tank, der sie bis … wohin brächte? Nicht weit genug. Nicht die ganze Nachtfahrt, die es dauerte, bis die überdachte weiße Veranda vor dem Haus ihrer Eltern in Sicht käme. Aber wenn sie könnte. Die Mädchen von der langen Fahrt wie schlaffe, schläfrige Kätzchen. Die Eltern brächten es nicht fertig – selbst wenn sie sich *nicht* entschuldigte, brächten sie es nicht fertig, sie abzuweisen.

Aber sie selber brachte es nicht über sich. Ihn einfach zu verlassen. Und das lag ja nie einfach nur am Geld, nie nur am Stolz – obwohl sie auch davon nie sehr viel hatte. Oder wenn, dann war dieser Stolz, wie sich gezeigt hat, nie sehr viel wert, nicht, wenn's drauf ankam.

Was anderes also. Als er Belle heimgebracht, sie gerettet hatte, konnte man dieses andere sehen. Das Gute, das in ihm steckte. Sie brauchte einfach Geduld, sagte sie sich. Der Krieg steckte ihm in den Knochen. Sie hatte es erlebt – dass sie neben ihm lag, während er den ganzen Schlamassel rückwärts träumte und dabei um sich schlug, wie er es manchmal tat, tun musste. Schritt für Schritt, einfach rückwärts durch die Gummibäume und auf der Seite wieder heraus, auf der er hineingegangen war.

So hatte sie es sich vorgestellt – ähnlich wie ein Kopfsprung aus großer Höhe ins Wasser. Man musste nur sichergehen, dass das Wasser so tief war wie die Sprunghöhe, sonst war man sofort erledigt. Ein Fall für den

Rollstuhl. Er tauchte immer wieder auf. Irgendwann käme er ganz heraus; daran hatte sie immer geglaubt. Käme an die Oberfläche, nach Luft schnappend, und dann wäre sie da.

Deshalb fuhr sie früher oder später immer an den Straßenrand. Saß da und hörte das Ticken des Motors, den Schlafatem ihrer Töchter. Seiner und ihrer Töchter. Hin und wieder raste ein Gigaliner vorbei und brachte den Wagen zum Beben. Und dann drehte sie um.

Das Fliegengitter zerlegt den Garten in Splitter, in ein müdes Mosaik. Die Magnolie hat sie mal sehr geliebt, aber wenn sie heute daran vorbeigeht, wendet sie den Kopf ab. Klammern verschließen ihr die Lider, wenn sie an Belle denkt oder das, was von ihr übrig war, und an Jacks Gesichtsausdruck danach – noch nie hat sie ihn derart gequält gesehen. Und auch – aber das gehört zu einem anderen Nachmittag – Frühling muss es gewesen sein, die Magnolie ließ ihre fleischigen Blütenblätter ins Gras fallen – die Erinnerung daran, wie Ev blutigen Speichel spuckt und den losen Zahn aus seiner Verankerung zieht, während er sie von der Hintertür aus beobachtet. Beide wie betäubt, ja eingeschüchtert von dem Vorgefallenen, und der Raum zwischen ihnen scheint kompakte Materie geworden zu sein, undurchdringlich. Dann kommt er die Stufen herunter und bringt eine Packung Tiefkühlerbsen, in ein sauberes Geschirrhandtuch gewickelt, als wäre die brutale Tat nicht sein Werk. Sie stand im Garten, das kalte Päckchen ans Gesicht gedrückt, und fühlte bereits die Schwellung entstehen. Auf ihrer gewölbten Handfläche lag der ausgeschlagene Zahn. Sie schloss die Hand, schüttelte die Faust, als hielte sie einen Würfel, dann schleuderte sie den Zahn ins dunkel glänzende Magnolienlaub, wie wenn man sich etwas wünscht. Wie wenn man sich was wünschen könnte, wenn man wüsste, was zum Teufel es sein soll.

Sie ist auf dem Weg, ehe sie weiß, wohin; zu Les; sie geht hinten herum, auf dem Trampelpfad an den Wiesen hinter den Häusern entlang. Am Zaun ein Tiergestank. Fellbüschel, zweifarbig, hängen im Stacheldraht. Überreste von Fuchs- und Hasenkadavern, die hier aufgehängt sind.

Köder, hatte Lani sachlich erklärt.

Köder?

Pantherköder.

Ach komm, glaub doch das nicht …

Ihre Tochter hatte nur mit den Achseln gezuckt. War ihrem Blick ausgewichen; der schauerliche Lippenstift, den sie auf Evelyns Geheiß hin hatte abwischen müssen, hatte dunkle Linien in ihre Lippen gezeichnet.

Sie findet ihren Schwager beschäftigt – er ist *immer* mit irgendwas beschäftigt, diesmal mit den zerlegten Innenteilen eines Elektrogeräts, die er auf der Zeitung von gestern ausgebreitet hat. Ein gehäuseloses Radio, das er vom Tisch nimmt, um Platz zu schaffen.

Wem gehört der?

Noch niemandem. Magst du ihn?

Bevor sie hierher gezogen sind. Als sie nur zu Besuch waren. Bei der ersten Begegnung füllte Les – der ihr allerdings gleich, von Anfang an, als Tetch vorgestellt wurde – eine eierschalendünne Tasse mit Tee und gab sie ihr in die

Hand wie etwas Lebendiges. Und sie ließ sich mit ihrem Ballonbauch in den riesigen cordgepolsterten Sessel im Wohnzimmer sinken und dachte: Na gut, das geht. So etwas … konnte sie vertragen. Die großen Fenster, sein Gemüsebeet und die Bücherregale voller veralteter, ledergebundener Bände der *Encyclopædia Britannica,* die von Maggie Thatcher nie gehört hatte. Und dann war, einen Steinwurf entfernt, wie durch Zauberhand das Haus aufgetaucht. Hundes Wille, hatte Les es genannt, mit seinem typischen zerzausten Grinsen, seiner eigenartigen Wärme.

Was hat sich seither geändert? Manche Dinge sehr; hier in Les' Küche allerdings fast nichts. Nur dass ihr Schwager sie in letzter Zeit auf besondere Weise ansieht. Mit klarem, bohrendem Blick. Nicht unfreundlich. Eigentlich, wenn sie ehrlich ist, sogar extrem freundlich. Und es ist harmlos, da ist sie sicher, dennoch ist es laut wie ein gesprochenes Wort. Welches Wort genau, weiß sie nicht. Aber wenn sie mit ihm allein ist, brauchen ihre Hände eine Beschäftigung, und sei sie noch so sinnlos; sie muss einen Rocksaum befingern, einen Ärmel aufkrempeln und herunterrollen. Ihr Blick braucht Ziele, die nicht er, nicht seine blaugrauen Augen sind. Huscht also kreuz und quer durch die kleine Küche (Weetabix-Schachtel, Souvenirteller aus Broome …), als könnte ihr ganzer Körper auf eine Frage, bei der sie noch nicht mal sicher ist, ob sie sie richtig verstanden hat, zu stottern anfangen. Laut bringen aber beide nur heraus:

Kaffee? Tee?

Nein, aber danke.

Lieber was Kaltes?

Wirklich nicht. Sie spürt einen Durst, aber um etwas zu bitten, etwas anzunehmen, erscheint ihr auf einmal wie ein Verrat.

Er stellt eine kurze, dicke Flasche Ingwerlimonade vor sie hin und sagt: Jedenfalls steht es hier und schaut dich an.

Oh. Danke. Sie öffnet die Flasche, lauscht ihrem Zischen.

Sie sieht, dass er wartet. Was immer es sein mag, worauf er wartet. Da sind seine Hände, sie liegen ordentlich auf dem Tisch. Der Bereich zwischen Daumen und Mittelfinger eine fast glatt durchgehende Linie. Sie nimmt einen Schluck, um noch nicht sprechen zu müssen.

Gut? Seine hellen Augen, das raue Wetter seiner Haut. Hitze, die immer dicht unter der Oberfläche ist, ein paar Tage alte blasse Stoppeln umwuchern seinen kantigen Kiefer.

Sie verspürt eine scharfe, reine Panik und blickt auf ihre Hände. Sieht, wie ausgeprägt die Adern sind, wie dunkel sie sich von ihren immer noch dünnen Handgelenken abheben. Sie fühlt sich von ihrem Körper, ihrem Blut verraten. Denkt: Wer will denn deutlich gesehen werden? Wer will das in so fortgeschrittenem Stadium?

Ich denke, du würdest es mir sagen, aber. Na ja. Ich weiß – Loyalität und so weiter. Ich dachte, ich frag halt einfach mal. Aber du hast nichts, oder? Nichts gehört?

Er mustert sie einen Moment. Von Jack? Du glaubst nicht, dass ich's dir sagen würde?

Vielleicht hättest du ja einen Loyalitätskonflikt. Sorry, ich hätte den Mund halten sollen. Hätte nicht fragen sollen. Sie nimmt einen Schluck aus der Flasche.

Ich würde es dir sagen, antwortet er. Sie sieht seinen Kiefer mahlen, aber er kaut nicht, sie versucht zu erraten, ob er sie anlügt, aber sie sagt sich: Es ist nicht wichtig. – Nein, anders: Es ist ihr wichtig, aber es spielt keine Rolle.

Der Truck steht draußen auf der Zufahrt. Verlässlich. Sie käme damit zurecht. Und ganz bestimmt könnte sie ihn ausleihen, keine Frage. Mit leisem Erstaunen begreift sie, dass er ihr wahrscheinlich alles gäbe, worum sie bäte, alles, was er hat. Was finge man damit an? Nichts. Man fängt damit nichts an.

Sie könnte Jack selber finden, ohne allzu große Detektivarbeit. Einen einzigen Vormittag in St. Kilda, vielleicht Collingwood – länger würde es nicht dauern. Ein bisschen Klinkenputzen, Herumfragen bei den Bewohnern der heruntergekommenen Bruchbuden, bei den angerosteten Typen, die sie *Mädel* und *Schätzchen* nennen, weil sie denken, sie sei darauf aus, sich jung zu fühlen. Sie könnte ihn aufspüren, könnte vermutlich so lange auf sein schlechtes Gewissen drücken, bis er nach Hause käme. Könnte sich seine raue Hand auf den Bauch legen und sagen: Diesmal. Aber nein.

Ein Pferd rennt sich zu Tode. Unnützes Wissen, falls es stimmt. Aber bitte, soll es doch, wenn es unbedingt will.

Danke, sagt sie. Für die Limo. Sie schiebt den Stuhl zurück und reicht ihm die halb ausgetrunkene Flasche. Sieht sich so, wie Les sie sehen muss: eine Tusse, die gekriegt hat, was sie wollte. Sie versucht das Ruder herumzureißen, labert irgendwas Bescheuertes über den Detektorempfänger ihres Vaters und ist sich bewusst, dass sie alles nur schlimmer macht.

Sie geht den langen Weg nach Hause, immer am Straßenrand, durch Vorgärten, wenn ihr welche begegnen. Geparkte Autos verstellen die Zufahrten, Grillrauch steigt in die kühler werdende Luft.

Bevor es dämmert, vor der Stunde des Fuchses, schaut sie nach den Hasen; sie müssen gefüttert und eingesperrt werden, damit sie vor Räubern sicher sind. Stells Geburtstagsgeschenk vom letzten Jahr.

Du könntest züchten, wenn du willst, war Stells Kommentar dazu. Du könntest in der Schule der Mädchen Aushänge machen, in der *Trading Post* inserieren. Ein bisschen eigenes Geld verdienen. Das sind kostbare Kaninchen, sag ich dir.

Scheißangoras, zwei hungrige Mäuler mehr! Jack wieder.

Aber so viel Futter brauchen sie eigentlich gar nicht. Meist reißt sie ihnen nur die Disteln aus, die rings um die Zisterne mit rostigem Regenwasser wachsen, und sieht dann zu, wie das Grünzeug in ihren grasfleckigen, malmenden Mäulchen verschwindet wie Lochstreifen im Fernschreiber. Ganz simple kleine Uhrwerkwesen.

Sie streicht mit den Fingern durch das lange Seidenfell und bemüht sich, filzige Knoten und Kletten herauszukämmen, solange die Kaninchen futtern und abgelenkt sind. Dennoch stört es sie, und sie weichen ihren Händen, ihren distelsaftklebrigen Fingern immer wieder aus.

Euch beide sollte man einfach rasieren, murmelt sie. Pullover sollte man aus euch stricken, ihr kleinen Dummbatzen. Das wär was.

3.

MOLE

Erstes Licht, Anfang Dezember. Warmes Sommergewitter und keine Kippen. Noch drei Mal schlafen bis Zahltag. Auf dem nassen schwarzen Hume Highway direkt nach Melbourne gefahren. Nach Tabak gesucht, im Handschuhfach ihre Riesensonnenbrille gefunden. Aber jetzt muss sie ja nichts mehr verstecken.

Nimm nimm nimm.

In einer grünen Seitenstraße geparkt, in einem Reichenvorort. Im Auto gesessen und gewartet, dass das Zittern aufhört, dem Regen auf dem Dach gelauscht. Denk zurück, wie beruhigend das mal war. Der Klang des Regens, der Geruch des Regens. Lang her.

Zehn Tage im Auto geschlafen. In der Tanke rasiert, bei McDonald's Kaffee gekauft, um dort aufs Klo zu gehen, bis im *Regal* ein Zimmer frei wurde. Klugscheißer im Treppenhaus, der sagt, der letzte Trottel hier drin hat sich aufgehängt. Feuerzeug des letzten Trottels hinter der Kommode gefunden. Mädchen mit rotem Bikini, und wenn man sich damit eine anzündet, sind die Klamotten ganz weg. Klasse.

Falls hier ein Missverständnis vorliegt, Sir, so sollten wir wohl darauf hinweisen, dass wir vor einiger Zeit – genauer gesagt, vor vielen Wochen – zu der Entscheidung gelangt sind, dass wir prinzipiell bereit wären, dies zu tun …

Öffentliches Telefon in der Grey Street. Könnte sie anrufen. Und sagen: *Fröhliche Weihnachten, Schatz.* Und dann?

Aufgewacht mit Zigarettenverbrennungen in der Handfläche. Keine Ahnung, wie sie dorthin gekommen sind. Geschweige denn, durch wen. Ein *People*-Magazin unter der Matratze. Im Centerfold werden die Mädels allmählich zu dürr. Wie Kinder. Krank.

Überlegt, ob man vielleicht Foxy aufsuchen könnte. Überlegt, sich vielleicht einen Schuss zu besorgen, aber wer kann dem Zeug trauen, das heutzutage im Umlauf ist? Gestreckt mit Glaspulver und Milchzucker und wer weiß, was noch alles.

Nirgends kann man allein sein. Keine Chance, von den Leuten und dem Krach von St. Kilda wegzukommen, das sich selber ankotzt. Die Bar des Esplanade wie eine Dose besoffener Sardinen. Strand nicht viel besser. Idioten, die nackt ins versiffte Wasser waten. Auf eigene Gefahr, Arschlöcher. Eine Zeit lang am Pier gestanden und alt gefühlt – scheißvierundvierzig –, dann ab nach Brighton. Zehn Kilometer weiter und zehn Jahre zurück, dorthin, wo sie an der Mole steht. Ist gar nicht so weit, egal, aus welcher Perspektive. Nicht zu weit.

Welches Bild kommt Ihnen in den Sinn, wenn Sie an Glück denken?

Ein Hubschrauber am Himmel. Ja, das ist gut. Channel Seven-Heli und so. Auto mit Fehlzündungen auf der Straße. Aber auch die kleinsten, harmlosesten Sachen. Silberne Thermoskanne zum Beispiel, wie ein Artilleriegeschoss. Bestimmte Gerüche. Ev, die Rubys kleinen Rücken mit Tigerbalsam einreibt. Das ist gut. Sonnenunter- und -aufgänge, bestimmte Farbe des Himmels. Genau das ist es, was der Krieg macht. Macht die kleinsten, banalsten Sachen schön. Einen Reifenheber zum Beispiel.

Was war davor? Die Staumauer in Maroondah entlanggehen. Jody, die ihr feuchtes Haar von ihrem verschwitzten Nacken hochhebt. Ein struppiger weißer Hund, der hinter einem Auto herrennt. Renntage und gemächlich kreisende Rasensprenger. Autofahrten bis rauf nach Broken Bay, zu Pat und Maile, in der Austernzeit, und der Vollmond riesig und misstrauisch über dem Hawkesbury River. *Hasenmond*, sagte Jody, stand auf dem Dock und zeigte auf die Ohren und Pfoten. Ihr langer, ausgestreckter Arm wie Perlmutt. Erzählt, wie der Hase freiwillig ins Feuer sprang, um sich, dürr wie er war, einem armen Mann zum Abendessen anzubieten. Komische Geschichten kannte sie. Irgendwo dort draußen erleben die Leute auch noch so was. Kricket im Garten. Käsewürfel auf Zahnstochern. Alles durchs falsche Ende eines Fernrohrs gesehen. So winzig, dass man es mit einer Hand verdecken kann.

Sehr geehrter Herr, hiermit teilen wir Ihnen mit, dass Sie in eigener Verantwortung

Einmal in der Lotterie gewonnen, und das war's. Alles Gute zum Geburtstag. Der Preis war die ärztliche Musterung und eine kostenlose Überfahrt auf der Vung Tau.

Die Sauerei, die Tetch mit seinen Händen angestellt hat. Hat nicht mal versucht, es wie einen Unfall aussehen zu lassen.

Schwarzer Leopard in der Pucka-Kaserne. Umgänglicher kleiner Kerl. Name bedeutete Häuptling in irgendeiner asiatischen Sprache. Vielleicht war's auch Lateinisch. Sprachen waren nie mein Ding.

gemäß den Bestimmungen des Wehrdienstgesetzes angehalten sind

Kepala, so hieß er. General. Oberboss. Obwohl er gerade mal so groß war wie ein Terrier, als er hereingeschmuggelt wurde. Natürlich kannte sich kein Schwein mit Panthern aus. Oder schwarzen Leoparden; gibt's einen Unterschied? Na, egal. Wurde ganz schön proper von dem Essen, das er kriegte – Hühnerknochen, was in der Kantine halt so übrig blieb. Rind natürlich die Leibspeise, sagte der Koch. Für die Pioniere war seine Kasernierung ein nettes kleines Trainingsprojekt. *Vergesst den Whirlpool nicht, Jungs.*

Lassen Sie mich noch mal mit einfachen Worten sagen, weshalb wir in Vietnam sind.

In einer Kautschukplantage an einem Sandsack gelehnt einundzwanzig geworden. *Du auch, hey?*

Yeah, und Foxy ebenfalls, sagte Wilson. *Aller guten Dinge sind drei. Hattrick.*

Schaut euch die kleinen Wichser an, mit ihren umgedrehten Baseballmützen. Stehen vor dem Supermarkt rum und reißen die Klappe auf. Die brauchen erst eine Abreibung, dann einen Haarschnitt, dann noch eine Abreibung.

Genau, Hattrick. Wer immer sich die Kohle gekrallt hat, hat dafür hoffentlich einen Lotterieschein gekriegt.

Also ich *hoffe, er kriegt die Syphilis. Schwarze Syphilis.*

Ein Jahr. Ein einziges stinkendes Jahr von insgesamt vierundvierzig, und für den Rest des Lebens vier Stunden Schlaf pro Nacht – wenn's eine gute Nacht ist –, jeden Morgen mit demselben Horror aufwachen, demselben Bleigewicht im Bauch. Das Leben sauber zerteilt mit dem Kriegsbeil, ein Vorher und ein Nachher. Auch im Nachher ist noch das eine oder andere Gute passiert, aber das war doch eher nur ein Echo. Schatten dessen, was in den ersten zwei Jahrzehnten war: Beim Versuch, es heimlich über diesen einjährigen Stacheldraht zu retten, ist alles in Fetzen zerrissen.

Worauf wartest du, Burroughs? Schriftliche Einladung? Rein mit dir, Junge. So fing es an – Hase Burroughs, Tunnelratte. Pisser. Klare Erinnerung ans Einsteigen. Nasse Gurte über dem Gesicht, Eingeweide wie ein Sack lebendiger Schlangen. Ans Aussteigen überhaupt keine Erinnerung mehr. Dieses Gedicht? Was die Quacksalber dazu gesagt hätten.

Wir sind dort, weil wir überzeugt sind, dass der Mensch das Recht hat, frei zu sein.

Urotropingeruch. Arschlings durchs Hellgrün, und jemand singt dazu *Blue Bayou.* Elende Schlampe.

Foxy fragt wie ein Idiot: *Was glaubt ihr denn, was wir hier machen?* Das hat sie in Fahrt gebracht.

Wir sind hier, Foxy-Schatz, weil Ho Chi Minh das Dreirad des Herrn Präsidenten umgetreten hat.

Langeweile und Regen. Manche Jungs schnitzten aus toten Ästen oder Holztrümmern von den zerstörten Dörfern Gliederketten. Foxy schaffte gut einen Meter am Stück. Einfach um sich die Zeit zu vertreiben, Zeit um Zeit um Zeit … Aber dann wurde eine Art Code daraus. *Wie ist es heute? Och, ein Sechs-Glieder-Tag*. Hieß: *Wir haben alle absolut gar nix zu tun.*

gemäß den Bestimmungen des Wehrdienstgesetzes angehalten sind, sich der Untersuchung durch ein Ärztekomitee zu unterziehen

Finch studierte in Queensland Meereskunde, in Vietnam aber Münzen-, Karten- und Messertricks. Er kriegte es nie hin. *Ist das deine Karte?* Natürlich war sie's nie. Er hielt eine Kreuz-Zwei hoch, aber Papa Dickson hatte eine Pik-Sieben.

Wir sind dort, weil wir Frieden wollen, nicht Krieg ... Gab sich echt Mühe, Harold Holt.

Übrig gebliebene Amiwitze aus dem Zweiten Weltkrieg. Secondhandhumor. Was entsteht bei der Kreuzung von ... Was macht ein Yankee, um ... Was ist der Unterschied zwischen Amibier und Sex im Kanu? *Both is fucking close to water.* Wie trennt man zwei Krokodile beim Sex?

Briefe voller Notlügen nach Hause. Dann nur noch Lügen. Dann nichts mehr.

Blick zum Himmel eines Nachts, und da stand der Hasenmond wieder, jetzt über dem Song Dong Nai. Toll, den kleinen Mistkerl wiederzusehen. Spätestens da hätte man sich's denken können. Und so war's dann ja auch: mit der ersten Post nach Coral-Balmoral abserviert. Was kann man machen? Trink ein paar Flaschen Tigerpisse und lass dich entlauben.

Wir sind dort, weil wir überzeugt sind, dass wir unseren großen Pazifik-Partner, die Vereinigten Staaten, im Kampf für die Freiheit nicht allein lassen dürfen.

Briefe aus der Heimat, in denen Zweckloses stand, Gefühlsduselei. Erinnerung an Tetch als Kind. Der wegen einem kleinen Schubser weint und sich glatt anpinkelt. Ein kleiner Schubser, Mann! Und Mum nahm ihn immer in Schutz, hat ihn in Watte gepackt. Dabei war er nicht mal ihrer. Und was hat es geholfen?

Unser großer Pazifik-Partner? Herrgott. Hoffentlich kratzt das Aas bald ab.

Reed brachte einen Mungo-Bau zum Einsturz, als er einen Unterstand aushob. Mama Mungo legt sofort los mit der Mungo-Arbeit. Eines der Jungen wurde vom Schanzzeug in zwei Teile zerlegt, aber die anderen drei wickelte Reed in sein schmutziges Unterhemd. *Hey, wer kann eine Kobraabschreckung brauchen?*

Ihr Tastsinn. Eine Reizung der Augen, der Nase oder Kehle oder der Haut ist ein Alarmsignal und der dringende Hinweis, sich zu schützen.

Sich zu schützen?

Es stinkt überall nach Verwesung, nach nasser, schleichender Fäulnis. Kriecht einem direkt unter die Haut.

Ihre Initialen sind immer noch da, versteckt unter der Pantherschwärze. *J L,* mit einer Polsterernadel eingeritzt und mit Kugelschreibertinte gefärbt. Manchmal schimmern sie geisterhaft durch. Warum nur manchmal? Was das wohl bedeutet? Als müsste alles irgendwas bedeuten.

Finch schlitzt sich beim doppelten Überschlag mit seinem eigenen Butterflymesser auf, Foxy schüttelt den

Kopf: *Wär ich ein kranker Delfin, würde ich die Flossen falten und auf einen anderen Fischdoktor warten.*

Rikki, Tikki und Tavi. Was sonst. Das Dschungelbuch kennt doch jeder. Weiß nicht mehr, wem welches gehörte. Das eine verschwand über Nacht. Das andere wurde krank, nachdem Wilson es mit nichts als Milchpulver gefüttert hatte. Es wurde so schwach, dass es sein armes kleines Nagerköpfchen nicht mehr heben konnte und Wilson drauftreten musste. Das Einzige, das durchhielt, gehörte Reed. Das war so zahm, dass er es auf der Schulter herumtragen konnte. Nachts rannte es unter seiner Plane herum, knackte Käfer und verschlang Vielfraßameisen. *Hey Wilson. Ich wette, du wünschst dir jetzt, du hättest dein Dosenfleisch geteilt.*

Reed war Schildermaler, vorher, und danach wurde er wieder Schildermaler. Aber während dieses einen Scheißjahrs zeichnete er Porträts. Er zeichnete auf das Goldpapier von Zigarettenschachteln, auf Einwickelpapier, auf die Rückseite der Flugblätter, die Vietcong und Volksarmee großzügig verteilten.

GI – nicht schießen. Sie kehren wohlbehalten nach Hause zurück.

Papier so dünn wie Bibelseiten. Papa, mit vorgeschobener Unterlippe: *GI? Warum schickt uns der Charlie keine Post?*

Operation Ranch Hand. Vielen Dank für die Dienstvorschrift, Washington. Patrouille zwischen entlaubten

Gummibäumen. Sieht genauso aus wie nach einem Buschfeuer, bevor der Stockausschlag einsetzt. Total anderer Planet.

Hexenwerk. Hand Gottes. Wie immer man es nennt: Erlebt hat man es manchmal dennoch. Zum Beispiel wenn eine Granate keine zwei Meter entfernt einschlägt und nicht detoniert. Warum?

… alle in Vietnam eingesetzten chemischen Kampfstoffe wurden als Verursacher von Gesundheitsschäden bei Veteranen zweifelsfrei ausgeschlossen. Eine Ausnahme bildet lediglich das Malariamittel Dapsone, dessen Status vorläufig ungeklärt ist …

Irgendwo ist noch eines. Auf der einen Seite steht *U.S. Armymen: Warum und für wen lasst ihr euch zehntausend Meilen von eurer Heimat in die Hölle schicken und auf diesem Boden umbringen?* Und auf der anderen Seite eine verwischte Bleistiftzeichnung von Reed: ein Mann – nein, eher ein Junge –, der seine Spiegelreflex sauber macht. In der Sprechblase der Text: *Hölle stimmt. Gäbe mein linkes Ei für eine Whisky-Cola.* Nicht abwegig.

Ihr Geruchssinn. Sie werden rasch lernen, die gefechtstypischen Gerüche zu erkennen … Die meisten chemischen Wirkstoffe riechen nur sehr schwach oder gar nicht.

Schwer zu beschreiben, der Gestank. Wie ein Aquarium, das ewig nicht sauber gemacht wurde. Im Hochsommer mischt sich manchmal ein Hauch Kanalisation hinein, die fauligen Eingeweide der Stadt; damit kommt man ihm schon recht nahe.

Funkruf nach dem Rettungshubschrauber, anschließend werden Zähne und Kieferknochen aus dem Dreck geklaubt, als bräuchte er sie noch. Aberwitzige Gedanken. Ansteckend.

Gezische und Gestank von Pisse auf heißem Metall. Einzige Möglichkeit, das Geschützrohr zu kühlen.

Andenken: kleine Porzellanente. Kette mit dreieinhalb Gliedern. Frauenkamm aus Schildpatt. Im Traum ihr Gesicht am Fenster. Frag nicht.

Finch: *Hast du zwanzig Dong?*
Papa: *Schon, aber wenn ich sie loswerden wollte, würde ich mir einen netten Nachmittag in Vung Tau machen und mir von einem Mädel in die Tasche greifen lassen.*

Sie holten ihn zwar schnell mit MedEvac raus, aber es war nicht mehr viel von ihm vorhanden. Die Handvoll Zähne und Kieferknochen – was ist draus geworden? In einen Umschlag damit und per Post an Johnny Gorton, sagte jemand. *Nee, unser Premier ist doch selber versaut, seitdem er RAAF-Pilot war. Lieber gleich an den Ami. LBJ, Weißes Haus.*

Kerle, die aus den seltsamsten Gründen ausflippen. Da fahren sie mit Mannschaftstransportern über Leute, ohne mit der Wimper zu zucken, und reißen Witze, wenn Finch beim Sternspringen einen Stern reißt. *Für mein nächstes Kunststück* … Aber dann kann sich Reed nicht von seinem wieseligen Schoßtier trennen und flennt und schmeißt Steine, als es in den Dschungel davonsaust.

Rückkehr zu *Der Preis ist heiß* und *I Started a Joke*. Rückkehr zu *Ho Ho Ho Chi Minh*.

Endlose Monate, in denen man Sandsäcke gefüllt und *Charlie* geschrien, *Japse* geschrien hat. Dann sagt Simon: *Jetzt ist es vorbei, Jungs.* Simon sagt: *Reißt euch zusammen und verabschiedet euch, Jungs.*

Die erste heiße Dusche. Kann man gar nicht mehr aufhören. Auch wenn das Wasser längst lauwarm ist. Tetch hämmert an die Tür: klopf klopf klopf. Klopf klopf klopf. *Mum? Ich glaub, er ist da drin gestorben.* Hätte sein können. So gut war es.

Heroin(??) war so. Wie ein langes heißes Bad.

Er hat ja schließlich keinem was getan, war eigentlich wie ein Kätzchen, nur riesig. Aber diese Weicheier von Zivilisten. Es reichte ihm, er musste weg. In den Zoo, armes Schwein. *Verdammt, lieber erschießen als in den Zoo.*

Sämtliche Zeitungen voll von My Lai. Auf den Titelseiten Calley auf dem Weg nach Fort Benning. *Wie kannst du behaupten, du hättest es nicht gewusst?* Foxy in der

Bar, ins Bierglas hinein. *Das hat uns echt den Rest gegeben. Damit schmeißt du uns alle in denselben Scheißtopf.*

Taxifahren, zwei Monate lang. Wär nicht so schlimm gewesen, hätte es diese ganzen verdammten Büßer nicht gegeben. Kam einem vor wie ein Beichtstuhl auf Rädern. *Was ich gesehen habe, was ich getan habe* … Jammerscheiße-jammer.

Es hieß, dass einer der Neulinge – sternhagelvoll nach einem Besäufnis – hingeht und Kepala *befreit.* Das war das Wort: *befreien. Du gehörst nicht in den Zoo!* Keine Ahnung, ob die Geschichte wahr ist, aber gut ist sie jedenfalls.

Blondine am Strand von St. Kilda, Hochsommer. Roch da unten wie was Totes, aber musste sie trotzdem nehmen, zu ausgehungert. Im Wohnheim den Sand aus den Schuhen geleert und überlegt, wie lang es dauert, bis der Tripper sich bemerkbar macht.

Maurerjob. Drei Wochen.

Aufgewacht auf dem Boden mit wehem Nacken und halbem Gürtel. RM Williams hätte man kaufen sollen. Da kann man wirklich nur lachen. Und die nächsten vierzehn Tage einen Schal tragen; auch wenn momentan eine Hitzewelle ist. Wie eine Schwuchtel, die auf John Wayne macht.

Klinik, sechs Wochen. Kreuzworträtsel. Schneidbrett für Mum.

Zeuge, Sie sind ein Nasho, wie? In Vietnam gewesen? Was haben Sie erlebt und wir nicht?

Verrückt, wie bei der Erwähnung von Long Tan alle Augen aufleuchten, aber trüb wie Spülwasser bleiben, wenn von Coral-Balmoral die Rede ist. Als ginge es um eine Anwaltskanzlei oder was. Da hält man lieber gleich den Mund.

Der Vorführraum ein stickiger Brutofen. Darin gefangen und die ganze Zeit dieses Geräusch wie große Flügel. Komisch, könnte ich heute nicht mehr. Schweißausbrüche schon auf der Treppe. Aber damals, das hatte was. Ohne Chef. Gottähnlich. Von oben auf die ganzen Trottel runterschauen, die sich Smarties in die schwarzen Löcher ihrer Münder stopfen und Popcorn an die Leinwand lachen.

Wie sie die Stufen zum Capitol hinauflief, zusammen mit ihrer Schwester. Keine Ahnung, zu welchem Film. *Vom Winde verweht? Auf Wiedersehen, Mr. Chips?* Ständiger Blick durchs Bullauge nach unten, nach ihrem geflochtenen Hinterkopf Ausschau halten. Dabei immer wieder beinahe die Überblendung verpasst.

Geruch ihrer Haare, so sauber. Wie irgendwas aus der Kindheit. Was Unerreichbares. Ihr spitziges, katzenhaftes Gesicht, bevor Teile davon abzufallen begannen.

Beifahrersitz der Corvette. Zwanzig Jahre alt und kriegt diese Protzkarosse geschenkt. Zwar ordentlich Kilometer auf dem Buckel, aber trotzdem. Bartstoppeln verhaken sich im durchsichtigen Stoff ihrer Unterwäsche. Das gefällt ihr, sagt sie: so männlich. Er beißt sich durch das dünne Maschengewebe, um sie zu schmecken, schlüpfrig, salzig wie Meer. Sie lachte: *Weißt du eigentlich, was das kostet?*

Das Transparent, auf dem stand: *Hey hey LBJ* etc. Leute marschieren darunter. Eine Frau mit einem sehr roten, sehr hübschen Mund öffnete selbigen und sagte:

Ich bin überzeugt, dass die Mehrheit des australischen Volkes diese Politik weiterhin mittragen und einen wohlüberlegten Beitrag von uns erwarten wird.

Öffnete ihn und sagte zwei Wörter.

Apfelpflücken in Bathurst. Mangos in Dimbulah. Orangen in Mildura. Radkappengroße Riesenkrabbenspinnen. Aber Tetch ist da, die ganze Saison. Ruft an der längsten Theke der Welt die Pints aus, lässt sie mit seinen verstümmelten Händen die glatte, dunkel lackierte Platte entlanggleiten. Immer bereit zu einem Grinsen, *Schön, dass du gekommen bist. Schön, dass du da bist.*

Kind. Mörder.

Ihr Vater baumhoch auf der Veranda. Sieht aus wie Burt Lancaster, wie er so breitbeinig dasteht, die Arme verschränkt. *Wenn du mit ihm abhaust, bist du raus, Evvie.* Sieht ihr nach, wie sie die gekieste Zufahrt hinuntergeht und mit einem Ausholschwung den großen roten Lederkoffer in die Corvette wuchtet.

Kassette mit Pachelbels *Kanon* und ihr schlichtes Sommerkleid. Jasminzweig in ihrem Haar und zwei Brandys im Young & Jackson. Das war sowieso alles, was sie wollte, sagt sie. Für sie immer noch ein Spiel, alles.

Man hätte es sich zweimal überlegen müssen, bevor man einen Hund in diesem Haus pennen lässt. Solange es einen Zitronenbaum gibt, ist ihr alles recht. Ein Zitronenbaum, und sie isst Äpfel.

Hirn macht komische Sachen, wenn es sich abzulenken versucht. Zerbissene Zunge oder gesummter Ton. Rauchbombe. Schau nicht hin.

Eine Dunkelheit, aus der kein Entrinnen war. Fäuste dringen tief in Mauern aus Schlamm. Aber dann war der Traum zu Ende und das Weiche war ihr Körper.

Wollte weg, zurück in die Klinik. Konnte ihr dort nichts tun. Hat sie das nie kapiert? Wofür der Abstand gut war? Aber sie kreuzte ja immer wieder in der Klinik auf und war gekleidet wie für eine Party, wie für ein Festessen. Strümpfe und alles, Lippenstift.

Rauchen vor dem Krankenhaus, als Lani geboren wurde. Rauchen vor einem anderen Krankenhaus, als Ruby geboren wurde. Diese ganzen Frauen im Haus. Wollte immer einen Jungen, einen kleinen Kumpel. Einen, dem man beibringen konnte, wie … Weiß nicht. Dem man irgendwas beibringen konnte. Was Nützliches.

Eines Nachts auf und davon nach einem Krach. Ev im Schlafzimmer verbarrikadiert. Wieder mal. Schaffte es in vier Stunden nach Pyalong, dann fing es zu schiffen an. Stand unter der Brücke, rauchte zum Aufwärmen, und da war sie, die arme Töle, und was für eine – Promenadenmischung aus Collie und Kelpie, nur Haut und Knochen unter dem triefnassen Fell und ein einziger Flohzirkus. Trug sie unter der Jacke nach Hause. Bekam wahrscheinlich einen Anteil von ihrem Ungeziefer ab.

Kam in dem Moment zur Tür herein, als sich alle zum Frühstück setzten. *Wo warst du?* Belle purzelt heraus, wie aufs Stichwort: Tataaa! *Dad, die stinkt!,* sagt Ru, drückt dann aber das arme Ding so fest an sich, dass es nach Luft japst. Das Beste, was dem kleinen Bastard passieren konnte. Das war was. Jemands Bestes zu sein.

F: Wie viele Vietnamveteranen braucht es zum Tuten und Blasen?

Khe Sanh im Radio. Aus der Stereoanlage und der Jukebox. Über die Lautsprecher im Supermarkt, wenn man nur eine Packung Toastbrot kaufen will und dann so schnell wie möglich heim, um es noch vor dem Gewitter zu schaffen. Sogar die Kassiererin singt mit. Gefragt: *Wissen Sie überhaupt, wo Khe Sanh ist?* Nichts, null. Wenigstens macht jemand Kohle mit diesem Scheiß.

Vor der Wohnungsinspektion Plakate über die Löcher in den Wänden getackert. Schmierige Maklermade: *Sie sollen doch keine Bilder aufhängen.* Hätte ihn mit dem Kopf durch die Wand schlagen können.

A: Woher wollen Sie das wissen, Arschloch. Waren Sie dabei?

Wie ein kleines Kind – konnte nicht schlafen, wenn die Rollläden zu waren. Kann es noch immer nicht.

Dieser alte Typ in der Klinik, Veteran und ein echt komischer Vogel. Clarrie heißt er, Krypto-Clarrie, gehört schon zum Inventar. Seit Jahrzehnten Insasse hier und macht nichts anderes als die Kreuzworträtsel in der Zeitung. Und mit den Schwestern schäkern, das kann er, irgendwie frech, Laurence-Olivier-mäßig. Stutzer muss man so einen wohl nennen. Den schneeweißen alten Kopf streng links gescheitelt. Ein bisschen wie Evs alter Herr, nur ohne den Besenstiel im Arsch.

Wurde rekrutiert, gewissermaßen. Hat einen der Shrinks »Schurke« genannt.

Drückst dich ganz schön hochgestochen aus, was, Kumpel? Das war Clarrie, elsternäugig, mit der Zeitung über dem Kopf wedelnd.

Kann diese Sachen nicht machen.

Diese *Sachen? Bist doch kein Soldat mehr. Du bist hier drin, um anders zu denken, oder?*

Du machst mir keine Angst. So süß beim ersten Mal, der ersten wirklich schlimmen Nacht, die sie erlebt hatte. Wär fast so blöd gewesen, ihr zu glauben. Aber dann änderten die Worte ihren Sinn. Hinterhältige kleine Scheißer. *Du machst mir keine Angst.* Heißt: Natürlich hatte sie Angst, und wie. Hält ein Küchenmesser so fest umklammert, dass die Knöchel weiß werden. *Na los. Tu's. Tu's. Mach doch endlich, Frau!*

Sieben Buchstaben: *In Südostasien eingebetteter italienischer Raucher.*

Hundertmal probiert aufzuhören. Bei jeder Preiserhöhung für das Päckchen Port Royal. Einmal fast vierzehn Tage geschafft, wirklich eins a. Dann springt Ru hinter einer Tür hervor und schreit *Buh!!* Das war's.

Als Ev krank wurde. Ihr schönes Haar ausfiel. *Alopecia*, als wär's irgendeine exotische Pferderasse. Aber es hieß nur, dass sie die mageren Reste unter einem gelben Babuschka-Kopftuch versteckte und zwanzig Jahre älter aussah. Dachte, es würde besser. Ruhiger, sozusagen.

Wohnheim. Fitzroy Street. Überall Fliegenschiss und Feuchtigkeitsflecken. Finch in der Ecke, grinst mit dem, was von seinem Kiefer noch übrig war. *Hey Hase. Hast du zwanzig Dong?*

Münztelefon, und Ev singt betrunken durch den Apparat. *Street boy …*

Erinnerung an Lani als Kleinkind. Nervöses kleines Ding. Man hebt sie auf, und sie zittert. Und wenn man nur mal ein bisschen lauter wird, fängt sie gleich an zu kotzen.

Hey Ev, was stimmt mit diesem Kind nicht? Ist es krank oder was?

Pferde mit Alopezie. Konnte sie fast sehen, wie sie im Hof ihre Goldsiruprunden drehen. Etwas, wofür ihr Vater einen Haufen Geld ausgegeben hätte. Das Leben, bei dem sie hätte bleiben sollen.

Oh, das fragst du dich, ja? Du fragst dich tatsächlich, was mit ihr nicht stimmt? Keine Ahnung, oder?

Klinik, diesmal nur eine Woche oder so. Einer rannte leicht hektisch mit einem dürren Gestrüpp in einem Topf voll steinharter Erde herum und sagte, keine Sorge, keine Sorge, das kriegen wir wieder hin. Er stellte den Topf unter eine löchrige Dachrinne, aus der Wasser tropfte, und innerhalb einer Woche zeigte sich das erste Grün. Neue Triebe; der Typ platzte vor Stolz.

Elf Buchstaben: *Spion zwischen Rot und Gelb.*

Der Shrink meinte, kaufen Sie sich ein Tagebuch, schreiben Sie alles auf. Schrieb: *Es war heiß, und die Überlebenskekse kamen uns zu den Ohren raus. Die Uffze versicherten uns, die Überlebenskekse überleben notfalls auch uns. Die Fotos, die wir bei uns trugen, zerfielen vom Schweiß und dem vielen Regen.* Dann die erste Seite rausgerissen und Ru das Tagebuch zum Zeichnen geschenkt.

Zukunft. Bekam nichts in den Griff. In manchen Nächten war Zukunft gerade mal das, was die Scheinwerfer erfassten.

Du. Wirst. Das. Wieder. Gut. Machen. Bei den Mädchen. Bei uns. Glaub mir.

Wollte einfach irgendwohin mit ihr. Wo es schön war. Fort von allem. Kriegte es fast hin. Fast perfekt. Der Wohnwagen, der Yarra, wo er noch kristallklar ist, bevor er arschaufwärts zu fließen anfängt. Keine Menschenseele weit und breit. Die Mädchen selber in den Ferien, bei Stell. Ev dank Spirituskocher mit Tee und Haferbrei geweckt. Spät aufstehen, wieder aneinander erinnert. Fast so gut, dass man nachher sagen kann: *Das war doch was, oder?* Dicker, träger Fluss, ans Ufer platschend, voller glitzernder Forellen.

Nur der letzte Teil, als das Benzin ausging und die Sache aus dem Ruder lief. Schlimmer Streit im Wasserleichenlicht der Mobil-Tankstelle, einen Chipsständer umgeschmissen, die Leute schauen. *Sir, Sie müssen* … Ja, scheiße JA! Aber fast, fast.

Ru in der Dritten; sie will Hilfe bei ihrem Geografieprojekt. Sie hätten ihr hundert verhunzte, ausgelutschte Länder geben können. Warum dieses? *Es wurde ausgelost, und ich hab halt dieses gezogen*, sagt sie. *Wie ist das Wetter dort? Grundnahrungsmittel? Wie begrüßt man sich?*

Woher soll ich das wissen?

Sie brachten einem Vierjährigen bei, den Stift zu ziehen. Verdrahteten ihn und sagten: Jetzt gehst du rüber und sagst Hallo zu diesen riesigen Männern, die so komisch aussehen. Und das konnte man einfach

Lassen Sie mich noch mal in einfachen Worten sagen

Ein Kind stapft direkt hinaus auf das Feld, und das konnte man nicht einfach

Lassen Sie mich es noch mal in einfachen Worten sagen

Elf Buchstaben. *Ananas zum Zähneausschlagen.*

Das konnte man einfach nicht wissen.

Erinnerung: Stand in der Tür und sah die Mädchen schlafen. *Bitte sei okay. Bitte sei okay. Es tut mir leid es tut mir leid es tut mir leid.*

Ein halb verknipster 35-mm-Film, in der Kamera eingerollt wie eine Schlange. Elf Jahre in diesem Zustand auf dem Grund des Seesacks, einfach so. Dem konnte man nicht über den Weg trauen. Konnte nicht mal mehr sagen, was drauf war. Womöglich Tempel und Gummibäume. Wolkenbilder, schlappe Typen unter Schlapphüten, die rumliegen, hirnlos vor Langeweile. Dorfkinder, schläfrige Büffel. Dürre Mädchen in dunklen Räumen und Seidenunterwäsche. Das Gewicht der Minolta, des von der Feuchtigkeit klebrig gewordenen Lederriemens. Und Reed, der hilft, den Film auf die winzigen weißen

Zahnrädchen einzulegen. Nur weiß ich nicht mehr, was drauf war.

Fand es dort auf dem Küchentisch. Sorgfältige Buchstaben, bleistiftgraue Vorzeichnungen schimmern durch roten und gelben Filzer. *Bevölkerung. Grundnahrungsmittel.* Zeichnungen von Reisschale, Nudeln, Fischskelett. Eine Begrüßungsformel, eine Abschiedsformel. *Von 1956 bis 1975 war hier Krieg, und mein Dad war dabei. Die Mücken waren schrecklich, und er vermisste sein Zuhause.* Trug es hinaus in den Garten, bevor sie aufwachte.

Das war unglaublich gemein. Du gemeiner Tyrann, selbst für deine Begriffe ist das ungeheuerlich …

Willkommen zu Hause, Temazepam! Willkommen zu Hause, Valium! Willkommen zu Hause, Clozapin! Das ist eine Parade. Schwenk selber deine verdammte Fahne.

… eine Folge von Alkohol- und Tabakkonsum und der Belastungen durch den Vietnamkrieg (einige davon charakteristisch für diesen Krieg) …

Der Weg zur Drogerie ein einziger Schweißausbruch. Bauchkrämpfe. Aber der alte Mann hinter der Theke schüttelt nur den Kopf und händigt einen Umschlag mit schwarzen Bildern aus. Vierundzwanzig Vierecke Nichts. *War wohl nicht richtig eingelegt.* Ging wieder hinaus und ins Parkhaus, und auf einmal war es wieder da. Reinstes Hexenwerk, wirklich. Wie eine Diavorführung hinter den Augen. Foxy aus einem Stiefel trinkend, nachdem er eine

Wette verloren hat. Reeds Mungo, der sich über einen Brocken Käse hermacht. Der B-52-Krater, auf dem Grund rot gefärbtes Schlammwasser. Zweiundvierzig gezählt. Dann kamen die Planierraupen und deckten alles zu.

Klinik, vier Wochen. Lederarbeiten. Vogelhäuschen.

Entschuldigungsversuche mit Geschenken. Tetch: Zigaretten (fertige, weil ihn Selbergedrehte in Verlegenheit bringen). Evelyn: Strümpfe. Lani: weiß der Henker. Ru: diese schrägen Horrorgeschichten, die sie so liebt. *Dafür ist sie schon zu alt*, sagt Ev später. *Aber nette Idee.*

Auf dem Weg mit den Mädels zu Mum einen Wombat überfahren, direkt hinter Blackwood.

Dad! Dad! Wir müssen umkehren! Auch wenn es tot ist, müssen wir in seinem Beutel nachschauen.

Selber Beutel. Wombats haben doch gar keine.

Doch. Bitte kehr um. Wir müssen unbedingt schauen.

Kann nicht halten. Sie haben Krallen wie Rasiermesser. Ein verletztes reißt dich in Stücke.

Also weiter. Verdammter Scheißanblick: dürre Arme, die sich immer noch nach jemandem ausstrecken. Schwarzer Baumwollpyjama, am Bauch aufgerissen. *Schaust du nach, was er in seinem Korb hatte?*

Können wir nicht sagen, wir hätten's getan?

Herrgott, ich mach's. Reed hält etwas hoch – was war es denn? Huhn. Splitterbombe. Büchse Reis. Weiß nicht mehr.

Welches Bild haben Sie im Kopf, wenn Sie an Glück denken?

Die Frage hatten wir schon.

Aber Sie haben es abgelehnt, sie zu beantworten.

Ev mit dem Rücken zur Tür. Lani, neunjährig, mischt sich ein. Schon jetzt dieser Blick, die Hände zu scharfen kleinen Fäusten geballt. *Hasse dich, hasse dich.* Gedacht: *Ja, ich mich auch, Süße, ich mich auch.*

Brighton Beach der reinste Karneval. Von den Imbisswagen wehen Schmalzgebäck- und Essigschwaden zum Strand herunter und vermischen sich fettig mit der salzigen Luft. Kleine Kinder toben barfuß durch den pulvrigen Sand und lassen ihn spritzen wie Wasser, gehören anscheinend zu niemandem. Ein Haufen Schotten oder Pseudoschotten haben die Arme umeinander gelegt und singen *Auld Lang Syne*, aber es ist doch erst kurz nach zehn … Dauert noch ein paar Stunden. Bis man das hinter sich hat.

Münztelefon vor dem Jachtklub. Könnte sie anrufen. Könnte *Gutes neues Jahr, Baby* sagen. Aber dann?

Warten, dass die Stadt explodiert. Abwärts zählen, damit es nicht raufkriecht. Gatling-Geschütze und rote Minen. Wie der Regen, der aufs Autodach trommelt, alles, was für immer dahin ist, alles, was nie wieder gut wird. Zusehen, wie der Himmel sich staubig gelb färbt, das Licht einfängt und über den Strand breitet wie eine alte Decke. Erstickend.

Dort draußen, vor Jahren, als die Mädchen beide noch sehr klein waren. Ein Tag, an dem keinem Außenstehenden irgendwas aufgefallen wäre. An dem jeder, der sie miteinander sah, nur gedacht hätte: Familie. Sandwiches noch kühl in der Alufolie, rote Brause und eiskaltes Bier. Heiße Fritten, Ev, die sich salziges Fett von den Fingern leckt. Mit Ruby und Lani, jede an einem Arm hängend, durch die Uferbrandung hinauswaten. Den Mädchen draußen, wo sie nicht mehr stehen können, den Überschlag beibringen. *Gib mir einen Fuß*, und sie klettern an ihm hinauf und lassen sich himmelwärts werfen, *hopp-hopp-hopp!*

Ev geht die Mole entlang, beschirmt mit einem Unterarm ihre Augen, der helle Baumwollrock schlägt um ihre Beine. *Mum! Komm auch rein!* Aber sie schüttelt lächelnd den Kopf, denn nein, sie wird golden. Wird zwanzig. Als hätte es nie auch nur ein schlechtes Jahr gegeben. So nah dran. Dieses Leben, das andere Leute führen, in Rufweite. Dann wölbt sie die Hände um den Mund und ruft laut übers Wasser hin: *Na gut, ihr drei …*

Ruft uns herbei. Uns. Ruft uns nach Hause.

4.

FLUCHTMODUS

Kunstschneeflocken in ihrem Haar, wie Festtagsschuppen. Lani wuschelt sie heraus. Es läuft *Tender Prey*, ein Kratzer auf der Platte lässt die Nadel springen. Lani, halb ausgezogen, betrachtet die roten Striemen auf ihren Beinen. Nachdem sie gekrümmt und in einem viel zu kurzen Kleid, das keinen Schutz vor peitschendem Gestrüpp bot, auf Wills Honda mitgefahren ist, sieht sie aus, als sei sie mit Schnureisen geschlagen worden. Aber das ist Jahre her, das Schnureisen. In letzter Zeit sind es, wenn überhaupt, Fäuste – falls ihre Mutter die Energie dafür aufbringt; in den letzten paar Wochen ist sie geradezu friedlich geworden. Irgendwas liegt in der Luft; jetzt schläft sie länger, flippt seltener aus. Kein Geschrei mehr durch Lanis verschlossene Zimmertür. Kein An-den-Haaren-aus-dem-Bett-Gezerrtwerden um vier Uhr morgens, weil das Geschirr nicht gespült ist, die Mülltonne nicht auf die Straße gestellt wurde. Wenn Evelyn ein Problem hat, geht sie damit zu den Hasen, außer Hörweite. Brabbelt vor sich hin wie eine Irre, während die rosaäugigen Karnickel aus ihrer engen Kiste starren. Lani könnte die Viecher dafür umarmen.

Sie befeuchtet einen Finger mit Spucke und fährt damit einen der entzündeten Striemen am Unterschenkel entlang. Fragt sich, ob jeder erlebte Moment eine Spur hinterlässt. Diesmal hat sie immerhin einen Beweis dafür und ist froh darum. Es hat sich gut angefühlt, fast geborgen, so dicht an ihn geschmiegt, mit den Fingern die Rippen unter seinem T-Shirt ertastend. Die Nacht kam ihnen so schnell entgegen, dass ihre Augen tränten. Am liebsten wäre sie weitergefahren, immer weiter, die ganze Nacht, bis zur Grenze. Am Fluss schlafen. Irgendeinem Fluss. Irgendwo, nur nicht zu Hause. Aber er war vom Highway ab- und in ihre Straße eingebogen und an den paar Nachbarhäusern mit ihrem gespenstischen, einsamen, durch Rollladenritzen flackernden Fernsehlicht vorbeigefahren. Kurz vor dem Haus hielt Will am Straßenrand, und sie stieg ab, ohne zu protestieren. Er muss ihre Enttäuschung gespürt haben, aber missverstand sie.

Ich würde dich vor die Haustür bringen, aber dein Dad … Er schmeißt wahrscheinlich eine Granate nach mir.

Nein, sagte sie, während sie den Kinnriemen des Helms öffnete, der ihr in die Haut schnitt. Er ist weg. Hab ich dir doch gesagt.

Schon, aber irgendwann wird er ja wiederkommen.

Sie zuckte die Achseln und gab ihm seinen Helm zurück. Jedenfalls musst du dir *seinetwegen* keine Gedanken machen. Danke fürs Mitnehmen. Und damit ging sie aufs Haus zu. In der jähen Stille, die hereinbrach wie eine Flut, bis der Motor wieder ansprang, hielt sie den Atem an.

Gegen Ende November war Will auf einmal wieder da gewesen und hatte den Platz seines Vaters in der Werkstatt eingenommen. Lani wiederum hatte den Bus verpasst und musste die vierzig Minuten zu Fuß gehen, am Ende schon schlurfend in ihren harten Schnürschuhen, und da war er: damit beschäftigt, Teile von Mack Fergusons makelloser Velocette, die kein Mensch je hatte fahren sehen, neu zu verchromen.

Lani hatte Will mit vierzehn gekannt; damals hatte er etwas Hilfloses, Unfertiges an sich, eine flaumige Meckifrisur und feuchte Beuteltieraugen. Als seine Eltern sich trennten, verschwand seine Mutter mit ihm nach Auckland. Lani hatte sich Speerfischen (richtig) und Snowboarden (ebenfalls richtig) vorgestellt, war für einen Moment von glühendem Neid ergriffen und hatte es ebenso schnell wieder vergessen. Und auch ihn. Jetzt kniete er mit Atemschutz und dicken Gummihandschuhen wie zu Spül- oder Strangulierungszwecken in der väterlichen Werkstatt vor einem Eimer. Das Haar fiel ihm bis auf den Kragen eines einstmals schwarzen, vom vielen Tragen grau gewordenen T-Shirts mit einem Rorschachtest aus Schweiß zwischen den Schulterblättern. In dem Moment – vielleicht weil er ihr Glotzen gespürt hatte – drehte er sich zu ihr um, und sie sah ein Piercing in seiner Augenbraue glitzern. Das konnte er vergessen, so was funktionierte hier nicht, und das hätte sie ihm gleich sagen können, obwohl sie zwei Jahre jünger war. Es wäre aber ein schlechter Einstieg gewesen, so was sagt man nicht gleich zu Beginn. Leider fiel ihr nichts Besseres ein, und er ersparte ihr es ohnehin, indem er seine behandschuhte Hand über die zusammengekniffenen Augen hob und sich mit der Schulter die Atemmaske herunterstreifte.

Hey, sagte er. Lana Burroughs.

Lani.

Okay. Ganz schön groß geworden. Er ließ das Scheinwerfergehäuse in seinem chemischen Bad liegen und kam, die Handschuhe abstreifend, ins Tageslicht heraus.

Er musterte sie mit einem Blick, den sie nicht deuten konnte, und fiel gleich mit der Tür ins Haus: Stimmt es, was die Leute sagen?

Es gab ihr einen Stich in den Magen, und sie fragte sich, was er wohl meinte. Stimmte es, dass sie eine Abtreibung gehabt hatte? Nein, sondern Drüsenfieber. Dass ihr Onkel Ex-Knacki war? Nein, nur Gerede, obwohl sie sich manchmal wünschte, es wäre wahr, denn dann wäre Tetch schräg-interessant statt nur schräg-schräg. Stimmte Matt D, stimmte Jarrod Blackwood, stimmte Marshall Weste? Ja, ja und beinahe. Letzterer nicht ganz; er hatte nicht kommen können, und deshalb hatten sie eine Zeit lang still dagesessen und sich wortlos eine Kippe geteilt, bis Weste wie ein Idiot gegen die Ziegelmauer boxte und sich dabei die Knöchel aufschlug. Später hatte er versucht, die ganze Hand hineinzuschieben, als ließe sich die Sache auf diese Weise aus der Welt schaffen. Aber wen ging das alles überhaupt was an?

Was?, fragte sie, zerrte an ihrem Schulrock, schwitzte jetzt und war fast angeödet.

Was mit eurem Hund passiert ist und alles.

Im ersten Moment war sie erleichtert, dann schämte sie sich, dass sie erleichtert war. Ja, sagte sie, es war grauenhaft.

Tut mir leid, sagte er. Ich glaube, ich kann mich an ihn erinnern, den Hund. Dad sagt, er hat von Lämmern gehört, die ziemlich übel zerfetzt wurden.

Sie hätte nicht sagen können, ob er sich über sie lustig machte. Wo gab es denn hier in der Gegend Schafe? Er war vier Jahre fort gewesen. Sie versuchte den Vierzehnjährigen wiederzuerkennen – den mageren BMX-Freak mit der rotbraunen Kruste um die Nasenlöcher vom ständigen Nasenbluten. Aber den gab es nicht mehr, oder er war unter der arbeitsfleckigen Levi's und dem verblichenen Tour-T-Shirt irgendeiner Kiwi-Punkband sehr gut verborgen. Nein, kein Scherz, dachte sie, vielleicht war er nur ein bisschen wirr.

Wahrscheinlich werden sich irgendwann die Behörden drum kümmern, sagte er. Abwarten – früher oder später wird sich der Landwirtschaftsminister einschalten und sich wichtigmachen wie die ganzen Spinner, als wär's ein Tasmanischer Tiger.

Sie stieß die Luft zwischen den Zähnen aus, was ihr eine ausreichende Antwort schien. In ihrer Familie redete niemand über Politiker und was sie tun könnten. Nur über das, was sie verdient hatten: Grausiges.

Du bist also nur zu Besuch?, fragte sie, und Will zuckte mit einem Blick auf das zerlegte Bike die Achseln.

Schule ist fertig. Dad ist krank. Schien sinnvoll. Dann sagte er, eigentlich hätte er nach dem Schulabschluss erst mal auf Reisen gehen wollen, mit dem Rucksack kreuz und quer durch Südamerika. Aber es fehlte sowieso das Geld dafür, und sein alter Herr musste zweimal die Woche zur Dialyse.

Aber Argentinien, Kolumbien. Ist ja nicht so, dass sie vertrocknen und vom Wind verweht werden, oder? Er betrachtete ihre Beine: lang, zerschrammt, ziemlich braun. Ihre Schulkniestrümpfe waren bei ihrem Fußmarsch ins Rutschen geraten und hingen auf halber Höhe, sodass die noch ziemlich frische Narbe von der Kollision mit einem Zündschlüssel im letzten Winter rosa leuchtete. Sie war mit dem kaputten Datsun von Matts Pa Slalom gefahren, mit geschlossenen Augen, einfach um einen Unfall zu bauen.

Diese Uniformen, die ihr Mädels tragen müsst ... Wo ich war, liefen wir einfach irgendwie rum. Durften anziehen, was wir wollten. Man konnte sich die Haare blau färben, wenn einem danach war, ohne dass einen jemand schräg angeschaut hat.

Sie machte ihn nicht darauf aufmerksam, dass er mal die gleiche Uniform hatte tragen müssen. Aber die Sache mit seinem Piercing, die sagte sie ihm jetzt doch.

Er grinste nur. Das werden wir sehen, oder?

Einen Besuch im Bad kann sie nicht riskieren – wenn sie im Flur mit Evelyn zusammentrifft, kriegt sie nur wieder was angehängt oder aufgebrummt –, weshalb sie sich die Beine trocken rasiert, in ihrem eigenen Zimmer. Mit einem Wegwerfrasierer ihres Vaters, einem Billigteil, das die Haut aufkratzt, wenn sie nicht aufpasst. Sie befeuchtet ihre Schienbeine mit Spritzern aus einer Wasserflasche und streift sich den letzten Kunstschnee aus dem Haar. Heute Abend gibt's ein großes Silvesterfeuer, jede Menge Alk, Dutzend Möglichkeiten wegzugehen, ohne wirklich zu gehen. Trina mit süßlich-ekelhaftem Hochprozentigem, um das bittere Zeug runterzuspülen.

Das Kleid ein knielanger Neckholder mit Schlitz, der Schenkel zeigt. Aus Lurex: sieht aus wie nass. Rückenfrei. Also kein BH. Aber viel gibt es da sowieso nicht zu halten. Sie hat es mal an Trina gesehen, das Kleid, und was es aus ihr gemacht hat. Zu wem es sie gemacht hat. Um es heute Abend ausgeliehen zu bekommen, war eine Flasche stibitzter Bourbon und ein Englischaufsatz nötig. Hat sich gelohnt, denkt Lani, als sie sich im schmalen Spiegel an der Rückseite der Tür betrachtet und sich ein bisschen windet, wie beiläufige Tanzbewegungen. Glitter klebt ihre Wimpern zusammen, violetter Mascara strähnt ihr Haar. Sie hatte eine klare Vorstellung, wie sie aussehen sollte. Sie erfüllt sie nicht ganz, aber das ist das Beste, was sie zustande bringt. (Tante Stell zu Weihnachten: Du siehst deiner Mum in diesem Alter wahnsinnig ähnlich, aber du wirkst so viel … ich weiß nicht. Älter? Du siehst immer so müde aus, Schatz.

Ja, na ja … Meine Mutter hatte ja auch nicht meine Mutter als Mutter. So ihre sinngemäße Antwort.)

Sie packt eine Tasche: High Heels in Pink, die Stöckel bleistiftdünn, Make-up, beharrlich zusammengeklaut in der Drogerie, Lippenstift – so dunkel, dass er fast schwarz ist. Eine grüne Plastikpillendose mit Medikamenten ihres Vaters, wild durcheinander. Ihr Sortiment.

Versteckt in einem Paar Socken, und die versteckt in einer Schublade: das Bündel herbstfarbener Geldscheine. In ihren Träumen kommt sie zu Geld, weil sie zwischen raschelnden Blättern und knisternden Chipstüten in Rinnsteinen darüberstolpert. In Wirklichkeit ist es anders. Ein Teil dieses Bündels stammt aus dem Verticken der Medikamente, aber das meiste liefern die Großeltern, über Stell. Geisteltern, nennt Lani sie; sie würde sie nicht erkennen, wenn sie einander auf der Straße begegneten. *Jetzt aber Ruhe* … Es ist genug da für ein Busticket nach

Sydney plus eine Woche Abhängen dort, sollte sie je Lust darauf haben, obwohl sie ihr die Kohle sicher nicht dafür gegeben haben. Oder vielleicht ja doch, wer weiß es.

Draußen das Quietschen und Rucken des sich öffnenden Garagentors. Evelyn schleppt den Weihnachtsmüll raus. *Eindeutig*, hat sie heute Morgen wieder gesagt. Tests für einen *eindeutigen* Beweis. Dass Lani nicht das Kind ihres Vaters sei. Aber Lani hat die Geschichte schon mitbekommen, als sie noch gar nicht wusste, was *eindeutig* bedeuten sollte, und der Schock, die Kränkung haben sich weitgehend abgenutzt. Jedenfalls stellte sich heraus, dass sie sehr wohl das Kind ihres Vaters ist. Die eigentliche Botschaft dieser Geschichte, die ihre Mutter unermüdlich erzählt, lautet: *Sei auf meiner Seite. Komm in mein Lager.*

Bei *Sugar Sugar Sugar* dreht sie die Lautstärke auf und entflieht durch das aufgeschlitzte Fliegennetz.

Sie kommt früh zur Arche, lässt sich in ihren schmalen Schattenstreifen fallen. *Arche* ist nur der Name, den die Leute dem Ding geben; in Wahrheit ist es der eisenbetonierte Rumpf eines Schiffs, das in irgendeinem brach liegenden Feld, weitab der Straße, aufgebockt steht. Ein absurder Anblick hier draußen, Stunden entfernt von jedem Wasser, tief genug, um es zu befahren. Dann aber doch auch irgendwie plausibel, irgendwie traumlogisch, denn das Teil ist hier schon länger als Lani oder irgendwer aus ihrer Familie und wurzelt mit rostleuchtenden Eisenstreben in der festgebackenen Erde. Ob es ein aufgegebenes Projekt ist oder jemands Vorstellung von Humor – inzwischen gehört es jedenfalls allen. Das inoffizielle Gästebuch der Stadt, vollgekritzelt mit Tags und Codes und Mitteilungen darüber, wer '74, '78, '80 usw. hier war und wer einem einen bläst und unter welcher Telefonnummer. Und über allem mit riesigen roten Buchstaben in Fassadenfarbe: *Das Ende wird kommen durch eine Flut.* Manchmal stecken Kühe den Kopf unter die Arche und recken Kaugummizungen nach dem wenigen Gras, das trotz Lichtmangels dort unten wächst. Das sieht dann wirklich biblisch aus.

Lani tauscht Stiefel gegen High Heels und schiebt ihre Tasche in den schmalen Schatten, und beide – sie und die Arche – wirken fehl am Platz, wie sie gemeinsam darauf warten, dass etwas passiert. Etwas, das sie hochhebt und fortbringt. Nur dieses Gefühl, diese Ahnung. Als gäbe es Orte auf der Welt, die einen nicht zwischen Himmel und Erde flach drücken und zermalmen wollen. Die Welt wird kleiner; das kann sogar sie sehen, sogar von hier aus. Oder es sind die Zwischenräume, die Abstände zwischen Menschen, die kleiner werden. Schrumpfen.

Sie horcht nach Wills Honda, aber es ist nirgends ein Motorengeräusch zu vernehmen. Nur das Rauschen von Gras im Wind und die Zikaden; zusammen klingt es ozeanartig. Sie rasselt im Rhythmus mit der pillengefüllten grünen Plastikbox. Sie hat die Namen der Medikamente vergessen – zweifarbige Kapseln, runde vanillegelbe Tabletten mit eingestanztem Kreuz, winzige blaue Pillen mit harter, glänzender Schale wie Mini-M&Ms, deren Inneres aber staubig und bitter schmeckt. Diese zerdrückt ihre Mutter mit einem Esslöffel Honig, wenn Ru nicht schlafen kann.

Mum, du kannst doch dieses Zeug keinem Kind geben.

Verzeihung, Fräulein, bist du jetzt die Expertin oder was?

Ru steht in der Tür, versinkt fast in einem überdimensionierten T-Shirt-Nachthemd, die Haare ein Rattennest. Mit wütender Miene, die besagt: *Hat* dich *wer gefragt?*

Na gut.

Die Pillen sind Variationen zum selben Thema: Sedierung. Es sind Tranquilizer. Als wäre ihr Dad ein gefährliches Tier, das irgendwo ausgebrochen ist. Wenn er sie nimmt, geht ihm mit einem Schlag die Hälfte aller Lichter aus – *peng!* –, und er will nur noch im Sessel sitzen und in Endlosschleife alte Paul-Newman-Filme sehen.

Sie versauen mein Hirn, klagt er über die Pillen, kann keinen klaren Gedanken mehr fassen. Aber jedes Mal, wenn Mum ihn fragt, was ihm – ob Drogen oder nicht – durch den Kopf geht, starrt er sie nur an wie ein Büffel und sagt: Nix.

In den Jahren vor Ru – oder den Jahren, bevor Rus Erinnerungsvermögen eingesetzt hat – gab es gelegentlich Münztricks. Eine kupferne Ein-Cent-Münze wurde unermüdlich an Dads Ellenbogen gerieben, während er eine Geschichte über das scheue Possum erzählte, und wenn die Geschichte aus war, war auch die Münze weg. *Puff.* Sie erinnert sich auch an Tiergesichter, die mit blauem Kugelschreiber auf die Schale hart gekochter Eier gezeichnet wurden – kindlich gerundetes *W* für ein Katzenmäulchen, scharfes *V* für einen Vogelschnabel –, und wenn sie heimlich den Kühlschrank öffnete, um sich einen Schluck Kondensmilch zu mopsen, kalt aus der Dose, wurde sie von der Kühlschranktür aus von einem aufgereihten Miniaturzoo vorwurfsvoll angestarrt. Eine Mini-Tier-Geschworenenbank.

Damals suchte er sich deutlich verträglichere Fluchtwege. Ausflüge zum Schrottplatz mit Onkel Tetch, um Elektrokleinteile aufzustöbern, oder Pilzsammeln in der Kiefernplantage oder entlang dem Windschutz dort. Ein paar Mal hat er sie sogar mitgenommen; gut eingepackt gegen die Herbstkälte durchforsteten Vater und Tochter den Boden unter tropfnassen Bäumen nach fremdartigen kleinen Wesen, die über Nacht aus dem feuchten Nadelteppich herausgewachsen waren. *Slippery Jacks* hießen die Röhrlinge, die es hier gab; sie unterstellte ihm, dass er den Namen erfunden hatte, wegen der suspekten Hüte, die tatsächlich glitschig waren – unschön anzusehen und ekelhaft anzufassen; manchmal hatten sich in dem Schleim Tausendfüßler und andere Kriechtiere verfangen. Wer will so was denn essen?

Ich, sagte Dad und biss herzhaft in einen Butterröhrling, woraufhin sie entsetzt kreischte. Es waren aber die Edelreizker, auf die sie es hauptsächlich abgesehen hatten. In giftig wirkendem Orange leuchteten sie zwischen den Kiefernstämmen hervor, und wenn man die Lamellen ungeschickt verletzte, färbten sie einem die Hände mit Monsterblut.

Ihm war es egal. Hier draußen war er anders. Entspannter. Sogar witzig mit seinen Nonsens-Scherzen.

Also, Fräulein, sag mir: Was wärst du lieber oder ein Polizist? Eine Frage, die keine echte Antwort verlangte.

Erst war sie verwirrt, dann kapierte sie: Ich wäre lieber eine Manner-Schnitte. Ein Tintenfischspazierstock.

Dann wurde er auf einmal sehr ernst. Geh nie ohne mich zum Pilzsammeln, hörst du? Wenn du dich irrst und den falschen Pilz erwischst, schläfst du ein und wachst nie wieder auf.

Sie schüttelte stumm den Kopf, während er behutsam die Nadeln beiseitefegte, den Pilz am Stiel herausdrehte und in ihre ausgebreiteten Hände legte, damit sie die Beute in den mit Zeitung ausgelegten Korb bettete. Dabei strich sie mit den Fingerspitzen über die Lamellen: Monsterblut.

Zu Hause briet er die Pilze mit Butter und Salz in der Pfanne und stank das ganze Haus damit voll, bis es satt und erdig roch wie ein Dachsbau. Und obwohl es, nach dem Schleim und übrigens auch dem Geschmack zu urteilen, genauso gut hätten Schnecken sein können, hatte sie so getan, als seien die Pilze so köstlich wie Marshmallows, und hatte sie trotzdem gegessen, so viele Bissen sie eben schaffte, weil sie ihm zeigen wollte, dass sie mochte, was er mochte. Um ihm einen *eindeutigen* Beweis zu liefern und um das nächste Mal, wenn er korbschwingend zu den Kiefern aufbrach, nicht zurückgelassen zu werden.

Aber nicht lang nach ihrem ersten Schultag wurden aus seinen Streifzügen Wanderungen, und aus den Wanderungen wurde *Wieder-mal-abgehauen* – und dieses *Wieder-mal-abgehauen* ließ sich in Tagen oder Wochen messen. Später in Monaten, die Geburts- und Feiertage überspannten. Und es ließ sich nicht immer ohne Weiteres sagen, was es diesmal wurde, wenn er zur Tür hinausging. Denn anfangs, als es mit ihm schlimm wurde, nahm er nichts anderes mit als seine Brieftasche. Allerdings hob ihre Mutter manchmal die Augenbrauen, wenn die Fliegengittertür hinter ihm zuschlug, und sagte – ohne Ton, nur mit den Lippen – *Los!*, sodass ihm Lani eines Abends tatsächlich nachrannte, im Sommerpyjama und mit ihren violetten Hasenhausschuhen. Zuvor hatte es einen Streit gegeben, und es war manches Gläserne dabei zu Bruch gegangen, weshalb sie nicht in die Küche durfte. Was sonst noch dort in der Küche passiert war, wusste sie nicht mehr genau. Mit der Zeit ging ein Geschrei ins andere über. Aber sie erinnert sich, wie er an jenem Abend ausgerissen war. Es hatte eben zu regnen aufgehört, die Welt war neblig still und schimmerte grau im letzten Tageslicht, die Insekten machten Pause, und über die Lehmstraße schlängelten sich Bächlein. Sie stürmte die Straße entlang, und als sie ihren Vater einholte, blieb er jäh stehen und fuhr zu ihr herum.

Geh heim, sagte er und deutete dorthin, wo daheim war oder sein sollte.

Sie spürte, wie die Nässe von der Straße in ihre Hausschuhe drang. Hörte ihre Stimme zittern, als sie antwortete: Ich gehe heim, wenn du heimgehst.

Das wird nicht passieren, Kleine. Er drehte sich wieder um und ging weiter, und sie folgte ihm wie ein Schatten.

Herrgott, sagte er. Hat dich deine Mutter geschickt? Du gehörst längst ins Bett.

Sie war geschickt worden, aber sie sagte nichts. Sie geisterte nur neben ihm her, mehrere Trippelschritte für jedes lange Ausschreiten von ihm. Ringsum wurde es leise Nacht, und die Straße stieg sacht zum Highway an. Wolken rasten vor dem Mond dahin, ver- und entschleierten sein Gesicht, aber hier unten auf der Erde wehte kein Hauch.

Wie weit ist es?

Wie weit ist was?

Wo wir hingehen? Sie fragte nur, um irgendwas zu sagen; sie wusste, wohin er wollte – oder gewollt hatte, ehe sie ihn eingeholt hatte. Zum Bahnhof, der ein Stück außerhalb der Stadt lag, an dem Züge selten einen Grund zum Halten fanden. Dort saß er und wartete, zwei Stunden, sechs Stunden, wie lang es eben dauerte. Vielleicht trampte er auch nach Melbourne, mit einem Lkw oder einem Urlaubsrückkehrer aus dem Norden.

An diesem Abend aber sagte er: Verdammte Scheiße. Kann man denn nicht mal einen verdammten Spaziergang machen? Und dieses eine Mal wenigstens kehrte er um und ging mit ihr heim. Die Straße hatte den Regen aufgesaugt und war stellenweise schlammig. Er blickte auf ihre Füße hinunter, und sie folgte seinem Blick zu den nassen, lehmigen Hasenohren. Ausgeschlossen, dass daraus je wieder Hausschuhe würden.

Du willst jetzt wahrscheinlich getragen werden.

Das wollte sie wirklich – in ihre Füße stachen die Eisnadeln, die kurz vor der Taubheit kommen. Aber es schien ihr wichtig, Nein zu sagen, und daher sagte sie Nein, und er widersprach nicht, nahm ihre Ablehnung einfach hin, mit einem Nicken und einem Husten.

Auf dem Rückweg ging ihr Vater langsamer. Hatte keinen Fahrplan im Kopf, keinen Zug, der zu erwischen oder zu versäumen war. Lani hielt jetzt leicht mit ihm

Schritt, schlurfte neben ihm her in ihren ruinierten Hausschuhen und fühlte sich siegreich. Irgendwo quakten Frösche. Sie hätte auch gern etwas gesagt, aber wusste nicht, was. Etwas Ermutigendes. Als ihr nichts einfallen wollte, nahm sie seinen Ärmel, um ihn wissen zu lassen, dass alles gut war.

Später folgten viele Nächte, in denen sie ihn nicht zur Umkehr bewegen konnte, in denen sie nichts sagen oder tun konnte, um ihn so zu beschämen, dass es ihm die Wut aus dem Leib trieb und er heimkehrte. Das letzte Mal, als sie es wenigstens versuchte – obwohl sie damals schon dreizehn war und in diesem Stadium eigentlich resigniert hatte –, folgte sie ihm zum Highway, wortlos bis auf das eine Mal, als sie ihn um eine Zigarette bat und er ihr im Dunkeln eine drehte. Fast im Gleichschritt tappten sie nebeneinander her, ihre Beine waren inzwischen beinahe so lang wie seine, und statt gewechselter Worte knisterte nur der aufglühende Tabak, die beiden leuchtenden Punkte in der Nacht schienen Unterhaltung genug, bis sie spürte, dass die Straße unter ihren Füßen aufwärts führte, und sie sagte: Büßen muss das jetzt ich, weißt du? Wenn du nicht da bist.

Nicht mal im Dunkeln sah er sie an. Das wusste sie, hörte sie. Sein Blick war geradeaus zum Highway gerichtet, seine Stimme zur Straße, als er sagte: Ich weiß, Schatz. Es tut mir leid. Aber ich bin da leider ziemlich machtlos.

Sie ließ ihn allein weitergehen zum Bahnhof, der manchmal einen Zug bereithielt, mit dem er davonfahren konnte.

Sie späht zu dem Kieferngehölz hinüber. Die Pilze von früher wachsen dort nicht mehr. Beide Sorten nicht. Sie hat nachgesehen. Vielleicht bekommt ihnen das Klima nicht mehr. Oder sie wachsen noch, aber jemand, etwas ist immer schneller als sie. Das wird es sein.

Will hat natürlich was Besseres zu tun, jemand Interessanteren, mit dem er unterwegs ist. Diese Geschichten, die er immer erzählt – wie er über die ganze neuseeländische Südinsel getrampt ist. Maori-Punkerinnen nahmen ihn in einem umgebauten Krankenwagen mit, wo er ständig von ihrem eingeschmuggelten zahmen Wiesel namens Baby Marmite gezwickt wurde. Zum Frühstück gestohlenes Tankstellen-Gebäck – aus der Mikrowelle, so dreist waren sie. Nachts zugedröhnt unter kalten Sternen schwimmen, und zum Donnern der Brandung einschlafen. Er trägt immer noch einen gezackten Robbenzahn um den Hals, den er im schwarzen Sand von Piha gefunden hat. Krabbenfresser, mit Hohlkerben, wie wenn sich eine Flamme in einen Knochen frisst; dann auf Leder aufgefädelt. Später wurde er am selben Strand vom Riemen eines Boards gerissen und in die Felsen geschleudert. Zwei Wochen Koma, sagte er, und jetzt sei das Einzige, was ihm wirklich Angst mache, der Gedanke, je wieder derart still liegen zu müssen.

Dass du jetzt hier bist, kann aber auch nicht viel besser sein, sagte sie verdrießlich. Sie wusste ja, dass es nicht seine eigene Entscheidung war. Er wird wieder fortgehen, sobald er kann, und selbst wenn er halbwegs lang bleibt, wird er sie bald leid sein. Sie ist im Leben nie weiter gekommen als bis Lakes Entrance – was Ru, damals noch klein, so zusammenfasste: auf Kühlschrankmagneten sieht's hübscher aus.

Die anderen Optionen für den Abend sind zu trostlos, um sie auch nur in Erwägung zu ziehen. Krach mit Mum, Monopoly mit Ru. Hätte sie vorausgeplant, hätte sie sich eine Mitfahrgelegenheit in die Stadt organisiert, was natürlich sämtliche Spielarten häuslichen Ungemachs nach sich gezogen hätte, aber dafür ist es sowieso zu spät, jetzt sitzt sie hier fest.

In Gedanken sagt sie ein Gedicht auf, das sie auf Mims hinterlistiges Betreiben hin auswendig gelernt hat. (Fünf Minuten, Lah. Wie lang sind fünf Minuten? Genauso lang, wie Maud braucht, um in den Garten zu gelangen, Schatz; los, fang an.) Ein Ablenkungsmanöver, das Lani später bei Ru angewandt hat, wenn ihre Alten wieder mal im Zerstörungsmodus waren. Sie gibt Will noch Zeit bis zum *Rittersporn.* Es braucht ganze vier Durchgänge, bis sie endlich das Hondaknattern hört, und einen Moment später taucht Will über der Anhöhe auf.

Er bockt das Bike auf und lässt sich neben ihr in den Schatten fallen, wobei er immer noch an seinem Helm herumfummelt. Sorry, sagt er. Musste Sohnespflichten übernehmen. Als er den Helm abnimmt, sieht sie, dass ihm das Piercing aus der Augenbraue geschlagen wurde; die Haut ist aufgeplatzt wie eine reife Frucht.

Zur Begrüßung schüttelt sie ihm die Pillenbox entgegen. Schlägerei verloren?

Bloß ein Fußballmatch, sagt er grinsend. Haben die einen Namen?

Wird es ihn kümmern?

Will zuckt die Achseln. Aiden wohl schon, glaub ich.

Alle anderen – die schlucken doch einfach, was man ihnen gibt.

Okay, gut. Das hier ist Valium, definitiv, und das ist Temazepam – mehr oder weniger dasselbe, oder? Und was diese kleinen Dinger hier sind, weiß ich nicht. Sie schüttet sich ein paar in die Handfläche, und er zuckt wieder die Achseln.

Sind aber alles Benzos, oder?

Glaub schon, ja.

Nicht gerade sozial, das Zeug, aber wie gesagt, die Leute hier draußen schlucken es – das heißt, wenn wir überhaupt zur selben Party wollen. Sind das die einzigen Schuhe, die du dabeihast?

Fick dich ins Knie, wäre die richtige Antwort gewesen, das ist klar, aber ihr Mund ist so trocken, dass sie nicht mal lachen kann.

Tja, sagt er, jetzt mit leichtem Unbehagen. Solang sie nicht mittendrin umkippt ... Oh, übrigens, ich hab was mitgebracht.

Aus der eingestaubten Gepäcktasche des Bikes holt er einen kleinen Gegenstand, der raketenähnlich aussieht, rot und silbern. Ein Siphon, wie man ihn verwendet, um Rahm aufzuschäumen. So viel weiß sie immerhin.

Hat meiner Oma gehört, sagt er, in der Gepäcktasche wühlend, und zieht schließlich einen Karton mit Minitorpedos heraus. Erst mal einstimmen, sagt er, lädt einen dieser Torpedos in das Soda-Dings und dreht, bis ein gedämpftes Knacken ertönt und ein Zischen – was immer dieser Kleinbombe da entweicht. Auf der Metallflasche bildet sich Niederschlag, erst als Dampf, dann als Perlen.

Lachgas, erklärt Will, das benutzen die Zahnärzte. Ist wie Helium aus einem Luftballon saugen, klar? Du atmest es direkt aus dem Siphon ein. Aber setz dich dafür lieber hin.

Lani inhaliert wie angewiesen, kalter Nebel füllt ihre Lunge. Sie kippt nach hinten, während im selben Moment der Himmel zurückweicht. Es fühlt sich an, als fiele sie in einen Tümpel, tief irgendwo unten in ihrem Inneren. An der Oberfläche, hoch über ihr, nimmt sie seine Gegenwart wahr. Er macht *skksch tsch tsch* in ihr Ohr. Unterwassertöne, wie das Pfeifen und Klicken von Krabben und Krebsen, von Wesen aus dem Flussschlamm. Friedlich. Sie könnte hier unten bleiben, auf diesem Schlickboden. Will nicht weg, will nicht zurück. Aber sie muss. Es treibt sie aus dieser großen Tiefe empor, sie durchstößt die Oberfläche und ist auf einer Sommerwiese, wo er keine Geräusche mehr macht und ihr Mund noch trockener geworden ist. Als sie die Augen aufschlägt, sieht sie, dass er sie beobachtet, wie man einem Tier beim Träumen zusieht – einer Katze mit zuckenden Pfoten.

Warum hast du das gemacht?, fragt sie.

Was?

Diese Grillen-Geräusche. Sie versucht sie zu imitieren, *sk sksch sksch*.

Ich weiß nicht. Jemand hat es einmal für mich gemacht. Damit wird es einfach, keine Ahnung – irgendwie schöner.

Kann ich noch mal?

Hält nicht lang, oder? Okay, ich mach jetzt auch mit. Er lädt den Siphon mit zwei Kartuschen. Wieder zischt es in die Kammer, und er lässt sie als Erste inhalieren. Sie reicht ihm den Siphon hinauf, und einen Augenblick später ist er neben ihr; sie ist sicher, dass sie spürt, wie sich die Erde unter ihnen kräuselt, als er sich fallen lässt.

Wieder unten auf dem Grund aller Dinge, erinnert sie sich an etwas. Nein, es ist kein Erinnern. Eher ein Wiederaufsuchen. Sie geht zu etwas, das schon einmal geschehen ist und immer noch geschieht. Vor Jahren. Aber auch jetzt. Nebenan – was immer dieses Nebenan ist – reden Menschen über sie. Und was sie sagen, ist eigentlich völlig sinnfrei – *was zählt, ist die Kapazität, die Tendenz zum Remanenzabbau; man kopiert es zehn, zwölf Mal –,* nur akustischer Müll, den sie aufgeschnappt und aus irgendeinem unerfindlichen Grund aufbewahrt hat. Wie ein Radio, das von irgendwoher redet, aber interessanterweise weiß sie genau, was es sagen wird, weiß jedes Wort einen Augenblick, bevor es gesprochen wird. Vielleicht hat sie das alles mal geträumt. Sie spürt das Gewicht von Wills Hand auf ihrem Magen, das Zucken ihres Beins, das unausweichliche Emportauchen. Und sie wehrt sich dagegen, sie muss den Rest noch hören, auch wenn sie kein Wort kapiert. Sie wühlt im schlammigen Grund, sucht hektisch nach etwas, an dem sie sich festklammern könnte, aber da ist nichts, nichts ist fest genug, um Halt zu geben, und nichts ist da, sei es gut oder schlecht, das sich mit hinaufnehmen ließe. Als sie auf die Wiese zurückkehrt und den Himmel über sich sieht, die über ihr aufragende Arche, sind alle Einzelheiten schon wieder verwischt. Übrig ist nur die Erinnerung an ein Gefühl. Sie hat einen fremden, unheilvollen Geschmack im Mund.

Noch mal?, fragt Will.

Sie schüttelt den Kopf. Ich bin fertig, sagt sie und streckt ein Bein aus dem Schatten der Arche, um den Biss der Sonne zu testen.

Dann brechen wir auf. In einer Minute. Muss erst einen klaren Kopf kriegen. Und eine Zeit lang liegen sie nur still im länger werdenden Schatten.

Das Haus steht weit außerhalb der Stadt, schon auf halbem Weg zur nächsten, und sie kennt es, obwohl sie noch nie hierher mitgenommen wurde. Jeder kennt es. Dort passieren Sachen. Alles Mögliche. Vorbei an dem, was mal ein Wasserreservoir war und jetzt ein umgekippter Tümpel mit leeren Bierdosen und anderem Müll ist. Ringsum ein Abladeplatz für geschrottete oder gestohlene Autos mit unkenntlich gemachten Kennnummern.

Der Weg dorthin ist zerfurcht von störrischen Baumwurzeln und Reifen, die bei Regenwetter den Boden durchpflügten. Die Honda springt und schlingert, obwohl Will das Schlimmste umschifft, und selbst bei den kleineren Schlaglöchern hebt es Lani vom Soziussitz; ihre Schienbeine sammeln den Staub auf. Zerbrochene Seitenspiegel zwinkern ihr mit dem gleißenden Gold der untergehenden Sonne zu, als gäben sie jemandem Zeichen.

Lang bevor das Haus selbst auftaucht, greift die Party schon nach ihnen: hämmernder Bass im Boden unter den Füßen, fettiger Lagerfeuerrauch trotz strengen Verbots.

Das lockt Schweine an.

Bullen?

Nein, echte Schweine, lacht er. Ja, Bullen.

Das Feuer frisst alles. Als Lani und Will vorfahren, wird es mit Bierkartons und Stühlen gefüttert, mit einem Paar Rollerskates, die jemand, dumm oder bekifft genug, ausgezogen hat. Sie schmelzen im Herzen des Feuers wie eine Opfergabe. Funken sprühen und fliegen hoch übers Hausdach.

Es ist eben erst dunkel geworden. Über den Himmel ziehen Schwärme von Flughunden wie zerlaufende Tinte, ihr Geschrei aber hat gegen die Soundanlage keine Chance; ein Strang gelber Stromkabel windet sich durch ein Fenster ins Haus. Aidens Haus; aber Aiden ist nirgends.

Die Gesichter der Leute, die um das Feuer stehen, glühen wie Halloween-Masken, orange mit schwarzblauen Schatten. Unter den düsteren Versionen von Mädchen, die sie nicht gut genug oder zu gut kennt, um mit ihnen zu reden, sucht Lani nach Trina. Ein kleiner Hexenzirkel hält Abstand zu der wimpernkräuselnden Hitze. Diese Mädchen, deren Haar so seidenglatt ist, dass es sich wie Wasser bewegt und jeder Befestigung entzieht. Sie beäugen sie kühl – *wir wissen, was du nicht bist* – und schließen sich wieder umeinander.

Das geliehene Kleid haftet an ihren Rippen, und darunter pocht ihr Herz wie ein gefangener Vogel – wie der Spatz, den sie und Ru mal gefangen haben, als sie in der Garage über ihn stolperten. Mit einer Schuhschachtel. Alle vier Hände draufgedrückt, damit der Vogel nicht entkommen konnte. Dieses Gefühl, wie er darunter herumtobte, sich gegen die Wände schmiss und sich wehtat.

Bis er still war. Und als sie schließlich die Schachtel aufhoben, saß er reglos und mit aufgerissenem Schnabel da, benommen, und seine cremeweiße Brust pulsierte von winzigem, rasendem Entsetzen.

Wills Hand legt sich zwischen ihre Schulterblätter, sein Flachmann drückt sich in ihre Hand. Sie schluckt – Rum – und lässt sich von ihm vom Feuer wegführen, vom Andrang der Leute, von der Musik, die sie nicht kennt und die sie nicht interessiert, und ihre Stachelabsätze bohren sich tief in die Erde. Dumm. Sie nimmt einen größeren Schluck aus dem Flachmann, wirft eine brennende Decke über das alles.

Sie finden ihn weit entfernt vom Haus, jenseits der entkernten Rostlauben und dem *Zaun* genannten Draht an Pfählen. Aiden. Weit weg, wo die Party nur noch ein dumpfer Pulsschlag unter dem Gras ist, ein Lichtschein zwischen den Bäumen. In der Hand eine Flinte, das lange dunkle Haar seidig wie das eines Mädchens, was man aber keinesfalls erwähnen durfte – er hat schon mal einem, der sich eine Bemerkung dieser Art erlaubte, mit dem Knie eine blutige Nase geschlagen. Mit der Flinte geht er leichtsinnig um, schwingt sie wie einen Stock. Zielt mit dem Lauf auf Flughunde am Himmel, als zeigte er auf Sternbilder: Orion, Großer Hund, Segel …

Will sagt seinen Namen.

Moment kurz.

Ein Schuss knallt, und vom Himmel fällt ein schwarzer Fetzen aus einem Schwarm herunter. Der Fetzen flattert im langen Gras herum, schreit, dann ist er still.

Zuerst sagt niemand etwas. Dann Will: Schaust du nicht nach, ob er ganz tot ist, oder was?

Nö, kann die Dinger nicht ausstehen. Und als Aiden sich umdreht, sieht er Lani dastehen.

Sorry, sagt er. Wo hab ich meine Manieren gelassen. Hält ihr die Flinte hin: Mal schießen?

Sie schüttelt den Kopf. Nein, vielen Dank.

Schießt du nie? Ist ganz leicht. Komm schon, ich zeig's dir.

Danke, sagt sie noch mal, ich wollte nur …

Ganz die Businessfrau, was? Er blinzelt ihr anzüglich zu, zieht einen Zwanziger aus seiner Hemdtasche, und Lani tauscht den Schein gegen eine Handvoll Pillen, die der Ruhigstellung ihres Vaters dienen sollten.

Das sind –

Interessiert nicht, was das ist.

Pass auf, sagt Will. Du willst Silvester vielleicht nicht eingerollt im Bett verbringen wollen …

Teile davon schon, wieso nicht? Und sein Lachen ist schrecklich. Sie hofft, dass die Pillen ihn tatsächlich ausknocken.

Aiden sieht Lani an und sagt, als hätte er ihre Gedanken gelesen: Das Zeug hier ist nix für mich. Oh, hey, tut mir leid wegen eurem Bastardhund. Mit genau dem richtigen Abstand zwischen *Bastard* und *Hund*. Sie starrt ihn an, hält seinem Blick einen halben Herzschlag lang stand, dann wandert ihr Blick davon, zum Boden. Seine Stiefel sehen zerlumpt aus, ohne Schnürsenkel, die Zunge hängt heraus.

Nee, im Ernst, sagt er. Sein Tonfall wird schläfrigsanft, wie Bettgeflüster. Mein Beileid und so.

Eigentlich ist er gar nicht so ein Arschloch, sagt Will, als sie zum Haus zurückgehen. Jedenfalls war er früher keins. Manchmal passiert halt Scheiß.

Hinter ihnen fängt das Geknalle wieder an. Was für ein Scheiß, fragt sie, und Will geht ins Detail – *Scheiß* heißt, nachts auf dem Rollsplitt einer Nebenstraße außerhalb von Wallan ausrutschen, Aidens Bein unter dem Bike und dem Auspuffrohr, das sich richtig hineinbrennt in die Wade, durch Hose und Haut. Scheiß heißt, stundenlange Bewusstlosigkeit auf dem Asphalt und Blutvergiftung, gefolgt von immer höheren Dosen Schmerzmittel; andauerndes Höherdosieren, Umstieg auf Stärkeres, auf Opioide – von Pethidin auf Morphium auf Heroin –, auch als das Bein rund um die ganzen eingesetzten Stifte längst ausgeheilt ist, die Haut wie Frischhaltefolie, wo das Auspuffrohr zum Liegen gekommen war und die ganze Zeit lag.

Sie steigen wieder über den Zaundraht. Ein paar Jungs ringen hemdlos in einem trockenen Kinderplanschbecken, während ein Freund danebensteht und durch gewölbte Hände schreit: Wetten bei mir! Wetten bei mir! Interessenten?

Wie kommst du klar?, fragt Will.

Okay.

Paar Stunden, und wenn du dann keinen Spaß hast, schleichen wir uns.

Paar Stunden. Okay.

Das Jahr beginnt ganz gut mit dem Geknalle und Geprassel selbst gebastelter Sprengkörper: Lauter Amateurfeuerwerker verheizen, was sie aus Rasenmähersprit,

Dünger oder sonstigem in väterlichen Schuppen und Garagen geklautem Zeug zusammengebraut haben. Im Umkreis von Meilen drehen die Hunde durch und kläffen sich die Seele aus dem Leib. Irgendwas wird Feuer fangen, das weiß sie. Und so kommt es auch, aber dann ist es zum Glück nicht dramatisch, nur ein Flaschenputzerbaum brennt, und jemand ist schnell und nüchtern genug, um ihn mit einem Gartenschlauch zu löschen.

Lani sieht das Silvesterfeuer auf Zimmergröße anwachsen – man könnte schon fast darin wohnen –, und gegenüber, auf der anderen Seite, leckt Aiden mit der Zungenspitze eine der Pillen ihres Vaters aus der flachen Hand auf, katzenartig, und reicht sie mit der Zunge dem Mädchen neben ihm. Nerida. Mit glitzerndem Tanktop in Pink und abgeschnittenen Jeans hängt sie schlaff in einem Campingstuhl und wirkt abwesend. Schon jetzt zu viel. Wie kann man nur so dämlich sein? Von Trina hat sich Nerida mal überreden lassen, warmes Enthaarungswachs zu essen, weil es den Magen besser wappnet als Sahne, hat Trina behauptet, und die dumme Kuh hat es geglaubt. Danach sahen sie zu, wie Nerida Bourbon-mit-Veet in ein Hortensienbeet kotzte, und sagten sich, eigentlich hätten sie ihr einen Gefallen getan, in Zukunft würde sie es sich vielleicht vorher besser überlegen … Aber offenbar nicht.

Aiden begegnet Lanis Blick über das Feuer hinweg. Dazu ein verschwörerisches Lächeln, als wäre sie Komplizin bei irgendwas, und sie schaut weg.

Alk verträgt sie gut. Normalerweise. Seit dem achten Schuljahr schmuggelt sie Alkohol in die Schule, Wodka in einer Fanta- oder Gingerale-Flasche oder Bourbon in Cola, was immer ihr in die Hände fällt. Nimmt ab und zu heimlich einen Schluck in Mathe – vor allem in Mathe –, gerade genug, um die Panik zu beschwichtigen, sich durch die Stunde treiben und Infinitesimalrechnungen in sirupartigem Nebel an sich vorüberziehen zu lassen. Wildpferde ins Heft zu zeichnen und reißende Flüsse von Liedtexten, damit Mr. K, falls er aufschaut, sie beschäftigt findet.

An diesem Abend aber verliert sie immer wieder den Faden, mitten im Satz. Kommt unter Wildfremden auf einmal zur Besinnung, in Gesprächen, an deren Anfang sie sich nicht erinnert. Leute sehen sie genervt an, warten, dass sie endlich zum Punkt kommt. Immer wieder spürt sie diesen gefangenen Vogel, spürt den Flughund, der vom blauschwarzen Himmel, aus seinem fließenden Schwarm herabstürzt. Wie er gefallen ist. Wie schnell er gefallen ist. Dieses Fallen spürt sie immer wieder.

Irgendwo, das weiß sie, fängt jedes dieser Gespräche immer erst an oder hat noch gar nicht angefangen; mit diesem Stickstoffoxid aus der Siphonflasche hat sie sich ein geheimes Wissen von Zeit erschlossen. Sie meint, sie könnte vielleicht zurückkehren und sich selber zuhören, dann wüsste sie, was jetzt zu antworten ist.

Das sieht man doch ganz genau, hey, sagt dieser Knabe jetzt, zu nahe vor ihrem Gesicht. Ein drahtiger Kerl, der nach Kaninchenpest ausschaut.

Was?

Na, wie die Haut abgelöst ist, oder? Vom Knochen. Eine Wildkatze macht so was nicht. Ein Fuchs auch nicht.

Sie will ihm nicht zustimmen. Bei gar nichts. So war es nicht, sagt sie, blickt dabei aber über die Schulter und fragt sich, wohin Will wohl verschwunden ist. Jenseits des Feuers hilft Aiden dieser Nerida die Stufen zum Haus hinauf. Nein, das ist kein Helfen: er schleppt sie. Sie ist ihm irgendwie unter den Händen zerschmolzen, und Aiden sieht aus wie ein walzender Hafenarbeiter, der sie halb schraubend, halb schleifend durch die Hintertür ins Haus bugsiert. Ist das okay? Scheint nicht so, aber niemand beachtet die beiden.

Ich hab mal ein Foto gemacht, dachte ich zumindest, sagt der Kaninchenknabe. War todsicher, dass ich es hatte, aber es war offenbar schneller als die Kamera. Willst du wissen, was ich glaube?

Er zwinkert mehrmals mit seinen rosa geränderten Augen. Als sei er selber eine Kamera, die alles aufnimmt. Sie tritt einen Schritt zurück, und die Welt neigt sich. Wie bei diesem Fahrgeschäft im Luna Park – was war das noch mal, wie heißt das? –, bei dem der Boden wegbricht und man an der Wand klebt. Genau so.

Hoppla! Der Kaninchenknabe streckt einen Arm aus, um sie zu halten, aber sie schüttelt ihn ab. Ihre Beine sind zittrige Fohlenbeine, trotzdem kann sie stehen und gehen und stolpert zwischen Trauben von Trinkern aufs Haus zu.

Die Badewanne: ein Dutzend Beutel Industrieeis, inzwischen getaut. Darin schwimmen nasser Karton und abgelöste Etiketten zwischen markenlos gewordenen Bier- und Ciderflaschen. Lani fischt eine Flasche aus der Suppe und schlägt am Waschbeckenrand den Kronkorken ab. Schluckt langsam, schmeckt nichts. In einer Getränkekiste neben der Badewanne stapeln sich wasserwellige, in der Mitte aufgeschlagene Pornohefte: Mädchen mit tätowierten Schmetterlingen und Tigerlilien rund um ihre rasierten Muschis. Sie blättert ein bisschen. Das liegt alles so da, frei verfügbar für jeden. Sie öffnet das Medizinschränkchen: Generationen von Apotheken- und Drogerieschrott. Rostige Töpfchen mit Pomade und Vaseline, Fläschchen mit öligem Etikett, die womöglich seit einem halben Jahrhundert hier stehen. Waterbury's Compound, das Allzweckmittel gegen Krankheit schlechthin. Magic Silver White, das Haarwasser für Natur- und Kunstblondinen. Abgelaufene Kondome und klebrig wirkende Rasierklingen, überzogen mit Rost und einem gräulichen Staub. Ein Set Nähnadeln mit dunklen, feuersterilisierten Spitzen. Zerdrückte Tablettenschachteln, mit den Namen der Personen, denen sie verschrieben wurden: gut ein Dutzend verschiedene Menschen. Lani kneift die Augen zusammen und versucht, das Apothekenetikett zu entziffern, weil sie nach Aiden sucht, Circazeitpunkt des Motorradunfalls. Aber kein Methadon, sondern weniger krasses Zeug. Pethidin und anderes. Sie überfliegt die neonfarbenen Warnhinweise – *Nach Einnahme dieses Medikaments nicht Auto fahren und keine schweren Maschinen bedienen* –, schüttelt einen kleinen Durchdrückblister aus einer Schachtel mit mehreren. Was sie sucht, ist eine harmlos aussehende Schachtel; Aspirin oder Ibuprofen: etwas, bei dem niemand Verdacht schöpft, wenn er sie damit aus dem Bad kommen sieht. Oder ein Päckchen Papiertaschentücher, das ginge auch, aber das gibt es hier nicht. Sie reißt eine Pornoseite in Streifen und macht daraus Behelfskuverts, in denen sie die Pillen verstaut. Die versteckt sie anschließend, an die Badewanne gelehnt und den Türknauf beobachtend, in ihren Schuhspitzen. Sie richtet sich auf, leert mit zurückgelegtem Kopf die Bierflasche und lässt sie ins aufgetaute Eiswasser plumpsen.

Als sie, leicht schlurfend, weil sie die Zehen einkrümmen muss, damit die Pillenpäckchen Platz haben, durch den Flur zurückgeht, hört sie es. Ein Schnaufen und Schnauben aus einem der Schlafzimmer, wie von einem großen Tier. Die Tür steht einen Spalt offen. Falls Aiden mitbekommen hat, dass sie da steht, lässt er sich nichts anmerken. Hört jedenfalls nicht auf. Sondern setzt sein leises Murmeln fort – na, na, ist ja gut, ganz ruhig –, als wollte er ein verängstigtes, verletztes Wesen beschwichtigen.

Ihr Leben lang wird ihr das immer wieder in den Sinn kommen – nicht oft, aber sehr klar – und am intensivsten in den leeren Stunden eines Flugs. Das Bild dieses Mädchens; alle viere von sich gestreckt auf der nackten Matratze, aufgedunsenes Gesicht, bis zur Reglosigkeit betäubt. Lani steht im Gang einer Passagiermaschine, demonstriert das Überziehen der Sauerstoffmaske, verweist auf das Licht an der Rettungsweste, setzt stumm die Pfeife an die Lippen, mimt Gelassenheit angesichts der Katastrophe. Und auf einmal hat sie einen faulen, kreidigen Geschmack in der Kehle, und da ist es wieder. Nur sekundenlang – die feuchte Zebraunterwäsche, heruntergezogen in die bleichen Schenkel des Mädchens einschneidend –, dann schwingt die Tür zu, und der Vorhang im Kopf schiebt sich vor das Bild.

Peepshow, denkt sie dann, und der Vergleich lässt sie sofort verstört die Zähne zusammenbeißen. Feig, denkt sie weiter, weil sie weggeschaut hat, damals mit sechzehn, und weil sie auch jetzt, mit vierundzwanzig, siebenundzwanzig, zweiunddreißig, das Hinschauen nicht erträgt – dabei schafft sie es nie, die Szene aus freiem Willen heraufzubeschwören.

Sobald die Reiseflughöhe erreicht ist und die Piktogramme für die Anschnallpflicht erloschen sind. Sobald die Durchsage erfolgt ist, dass elektronische Geräte im Flugmodus benutzt werden dürfen. Sobald die sperrigen Metalltrolleys oft genug durch den Gang auf und ab geschoben wurden und die Passagierhorde angemessen gefüttert und getränkt ist, verdrückt sie sich in die Toilettenzelle, presst die heiße Stirn an den Spiegel und überlegt, ob sie vielleicht was Falsches gegessen hat. Immer wieder nimmt sie sich vor, echtes Essen mitzubringen, frische Sachen; und dann isst sie doch immer denselben folienverpackten Luftschutzfraß wie jeder Economy-Passagier. Sie rückt vom Spiegel ab, betrachtet stirnrunzelnd den Fettfleck auf dem Glas und wischt ihn mit einem Papiertuch weg. Sie arrangiert den dunklen Vorhang ihrer Stirnfransen so, dass er allen Ärger dahinter, die eingeätzte Sorge verbirgt, und übermalt die dünne weiße Narbe an der Unterlippe in einer von der Fluglinie gestatteten Schattierung – rot, aber nicht zu rot, nicht nuttig. Das gelbliche Licht macht sie bestimmt ein halbes Jahrzehnt älter. In solchem Licht, mehrere Zeitzonen vom Schlaf entfernt, taucht ihre Mutter auf. Trotz gefärbtem Haar, trotz Eyeliner, trotz aufgehelltem Mund, blickt sie, wie eine Königin aus dem Märchen, aus der heimtückischen Architektur ihrer eigenen Züge hervor.

Lani reibt mit den Fingerknöcheln über die Kante ihres Wangenknochens, als könnte die Wärme der Reibung die Ähnlichkeit abschwächen. Sie löst das kunstseidene Halstuch und bindet es mehrfach neu, bis es endlich sitzt. Spült den Geschmack im Mund mit einer grünen zuckrigen Lösung weg. Spuckt aus. Spuckt noch einmal.

Ihre Mutter und das ausgespreizte, benzobetäubte Mädchen: Die beiden finden sie immer, in der Langstreckenanästhesie über dem Pazifik, im Zwielicht der Kabinennachtbeleuchtung. Im Mief eines Massenschlummers in getragenen Klamotten. In diesen Stunden, in denen ihr eigener Körper nirgendwohin gehört, sich zwischen den leisen Tonsignalen, die Erdnüsse und Tonic bestellen, mottengleich von Licht zu Licht treiben lässt, ansonsten aber mit nichts und niemandem verbunden ist. Mit nichts Größerem verbunden als der großen Dunkelheit, die das Flugzeug hält und trägt. Die Erde tief unten und das reale Leben ebenfalls, das Ich aber halt- und wehrlos. Hier steigen die Gespenster herauf und dringen ein.

In den ersten Stunden des Jahres 1991 schließt sie die Schlafzimmertür. Geht so gelassen und vorsichtig, wie sie kann, den Flur entlang und spürt, wie sich die Absätze in den Teppich bohren. Will ist irgendwo. Sie wird ihn suchen und ihm sagen – was? Nichts, es geht sie nichts an, und abgesehen davon hat sie kein Interesse daran, Aufmerksamkeit auf sich zu lenken. Sie ist müde, sie sollten jetzt abhauen, reicht es nicht? Mit zu viel Schwung stößt sie die Fliegengittertür auf, und eine Flasche mit klarem Schnaps zerklirrt auf den Betonstufen.

Scheiße, pass doch auf! Ein Mädchen; finsterer Blick unter einer Mähne so blau wie ein kranker siamesischer Kampffisch.

Lani wendet sich ab, entschuldigt sich und versucht zu verschwinden, alles gleichzeitig, in ein und derselben Bewegung, aber es misslingt; die Stufe unter ihr ist auf einmal nicht mehr da, der Knöchel verdreht sich, ihr Gesicht knallt ans Geländer, und ein warmer metallischer Geschmack breitet sich in ihrem Mund aus.

Das Mädchen, dessen Wodka verschüttet ist, blickt auf sie hinunter. Du blutest, Süße.

Lani wischt sich mit dem Handrücken unter dem Kinn entlang und sieht die Hand nass und dunkel glänzen. Ist nicht meins, sagt sie. Oh, ist doch meins. Scheiße. Hab fast nichts gespürt.

Komm, steh auf, du versaust dir das Kleid.

Ich hab fast nichts gespürt, sagt sie noch einmal.

Kann sie aufstehen? Will ist auf einmal da und packt sie unter den Armen. Vorsicht, da sind überall Scherben, und Lani lässt sich auf die Füße ziehen und ins Haus zurückführen – als hinge sie an einer einziehbaren Leine, kehrt sie genau dorthin zurück, wo sie auf keinen Fall sein will, stolpert schlaff und willenlos vorbei an der noch immer geschlossenen Schlafzimmertür. Hinter der jetzt kein Laut mehr zu hören ist.

Im Bad fletscht sie ihre Zähne zum Spiegel. Blutrotes Zahnfleisch.

Will schließt die Tür hinter ihnen – lass mich schauen –, und Lani biegt die Unterlippe nach außen, deren Innenseite aufgeplatzt ist.

Ah. Hätte schlimmer sein können. Immerhin wird man's nicht nähen müssen.

Bist du jetzt eine Krankenschwester oder was?

Schon irgendwie – bei meinem Dad. Setz dich mal, geht das? Er tränkt ein Handtuch mit warmem Wasser.

Lani sinkt auf den Badewannenrand und lässt ihn ihr Kinn betupfen, ihren Hals, an dem das Blut hinabgelaufen ist. Das Handtuch riecht nach nassem Hund und Benzin, und sie versucht die Luft anzuhalten.

Welcher Teufel hat dich da geritten, sagt er und berührt mit dem Stiefel ihren Schuh. Mit solchen Absätzen musste ja was passieren; bist du sicher, dass du dir nix verdreht hast?

Wird sich rausstellen. Wenn ich sie jetzt ausziehe, krieg ich sie vielleicht nie wieder an.

Leg den Kopf ein bisschen zurück.

Lani beäugt die Decke, das Schimmelmuster dort oben. Spürt seinen Atem an der Kehle und fragt sich, was sie davon abhält, die Beine um ihn zu schlingen. Nur, dass sie es gern täte. Jemand rüttelt am Türknauf, und Will schreit, er soll sich verpissen.

Dann gib mir ein Scheißbier raus, lallt ein Mund sehr nah am Türstock.

Warte, verdammt noch mal, sagt Will zur Tür. Er faltet das Handtuch, bis er eine saubere Stelle gefunden hat, und beginnt wieder zu tupfen. Sie schließt ein Auge, um die Neonröhre nicht doppelt zu sehen.

Okay?

Sie nickt und will zum Beweis aufstehen.

Immer mit der Ruhe, wir sind noch nicht fertig. Er stöbert im Medizinschränkchen, findet Watte, reißt einen Bausch davon ab und hält ihn unter den Wasserhahn.

Hier. Er stopft Lani die Watte zwischen Unterlippe und Zähne. Okay, sieht ein bisschen schräg aus, aber es hört bestimmt bald zu bluten auf. Willst du bleiben oder gehen?

Heim?

Es sei denn, du willst irgendwo anders hin?

Jetzt könnte sie ihn fragen. Fahren wir vielleicht …? Bringst du mich eventuell bis nach …?

Und er könnte sagen: Ja, okay. Wie schnell hast du dein Zeug zusammen?

Aber das heißt letztlich nur, dass sie sich das Busticket spart und ihr Geld ein bisschen länger reicht. Und sie würde ihm mehr schulden als die paar mageren Dollars. Mehr, als sie beschlossen hat, jemals jemandem schuldig zu sein.

Nein, sagt sie. Es klingt völlig bekloppt mit der nassen Watte im Mund. Nur heim.

Abermals wird an der Tür gerüttelt, eine neue Faust hämmert dagegen.

Okay. Lassen wir diese Kröten halt zu ihrem kostbaren Alk. Will wirft das Handtuch ins eisige Bierwasser, dreht sich wieder zum Waschbecken, küsst Lani auf ihren verletzten Mund. Sicherheitshalber. Er entriegelt die Tür, aber von denen, die unbedingt hereinwollten, ist keiner mehr da. Und als Lani und Will an jenem Schlafzimmer vorbeikommen, steht die Tür weit offen, und das Zimmer ist leer. Als sei da drin nichts Schlimmes passiert.

Jetzt liegt sogar ein Laken auf der Matratze, verwaschen, aber straff gespannt. Mit Krankenhausfaltung.

Ihr Helm ist verschwunden, wer weiß, wohin. Geklaut oder verloren, jedenfalls ist er weg.

Hier, nimm den, sagt Will, reicht ihr den alten Halbschalenhelm seines Vaters und fährt selber ohne. Er brettert mit der Honda über den zerfurchten Feldweg, über Wurzeln und durch Schlaglöcher, jetzt gar nicht mehr behutsam und rücksichtsvoll, und das Bike schlingert und springt wie ein kopfscheues Pferd. Der Scheinwerfer tanzt wild auf und ab, streckt sich weit hinein zwischen die silbernen Eukalyptusstämme und ruft den Autowracks dort draußen zu: *Wisst ihr noch, das Leben?* Will nimmt immer wieder eine Hand vom Lenker, greift hinter sich und drückt kurz ihr Knie, und jedes Mal denkt sie: Jetzt. Jetzt schmeißt's uns. Und ist beinahe einverstanden. Aber so weit kommt es nicht. Sie schaffen es zum Highway, der mondlichtüberglänzt daliegt, nehmen Fahrt auf. Hin und wieder lässt der Scheinwerfer die weißen Knochen behelfsmäßiger Unfallgedenktafeln am Straßenrand aufleuchten.

Nächtliche Mücken klatschen ihr ins Gesicht, und sie klatscht ihrerseits durch den offenen Helm nach den Mücken, wischt sie von ihrer geschwollenen Lippe. Ihre Zehen sind inzwischen taub, und wozu? Für zwanzig Dollar, falls sie überhaupt so viel verlangt, oder für eine private kleine Auszeit, ein paar pelzige Stunden Rückzug. Lani stemmt die Absätze gegen ihre Fußstützen und streift die Schuhe ab, die mitsamt ihrer Fracht auf die Straße fallen. Ruhe breitet sich aus mit jedem weiteren

Kilometer zwischen ihr und dem Haus, dazu die Wärme von Wills Rücken.

Einer der beiden heult laut. Dann heulen beide. Zum Mond hinauf, der über ihnen hängt und im einen Moment kompakt genug aussieht, um draufzuklopfen, und im nächsten wie ein Loch, das in die dunkle Seide des Himmels gestanzt ist. Sie behält ihn im Auge – nicht, dass er sich plötzlich davonmacht. Will greift wieder nach ihrem Knie, und sie schmiegt sich dichter an ihn, damit die Morgenkälte sich nicht zwischen sie schiebt. Was sie jetzt fühlt, liegt nur an der Wärme seines Rückens, am metallischen Geschmack der Morgendämmerung und daran, dass sie beide diese Luft durchschneiden wie ein Messer. Nur Dynamik, nur Geschwindigkeit; irgendwas in ihr kommt davon zur Ruhe. Trotzdem. Der Impuls ist da, sinnlos, aber hartnäckig. Das Bedürfnis, etwas Gutes zu sagen, etwas, das mehr ist als nur Danke. *Möge die Straße sich dir entgegenheben, möge der Wind immer in deinem Rücken sein.* Diesen Spruch hat sie mal irgendwo gelesen, in ein Stück Stoff eingestickt – Zeitvertreib von jemandes Großmutter –, und er kam ihr ziemlich richtig vor. Mit einem Mal aber überhaupt nicht mehr. Vor allem der erste Teil, mit der sich hebenden Straße: Es klingt wie eine Verwünschung, gerade für einen mit einem Bike. Dieser eine Fleck Haut an Aidens Wade, faltig wie zerknitterte Folie. Auch den hat sie gesehen, wird ihr bewusst. Bei ihrem Blick in das Zimmer. Diese Narbeneisenbahn an seinem Bein, wo sie ihn wieder zusammengeflickt haben.

Sie sagt nichts; sie schwebt hier in der Dunkelheit. Unerreichbar, ungreifbar. Hart und kühl und fern wie ein Stern. Gehört alles zu diesem Sommer. Es wird wieder ein Winter kommen und sich darüberschieben, über Will und alles andere, und bald gehört alles zum letzten Sommer. Dann zum vorletzten. Zum Sommer vor drei Jahren, vor vier. Und danach wird sie nicht mehr zählen.

Als sie schuhlos ums Haus zum Hintereingang schleicht, fällt sie über den Hasenstall, der aus dem Garten heraufgeholt wurde. Die werden alles überdauern, diese Kaninchen. Die werden immer noch da sein, wenn beide Mädchen längst geflüchtet, ausgeflogen sind.

Ihr Schlafzimmerfenster ist verriegelt. Nicht überraschend. *Wenn du die ganze Nacht wegbleiben willst, dann tu's, Mädchen, dann bleib die ganze Nacht weg.* Sie hat ja schon früher in der Garage übernachtet, eingewickelt in farbfleckige Tücher. Aber Ru. Ru wird sie immer reinlassen.

Sie muss nicht mal klopfen; das Fenster ihrer Schwester steht einen Spalt offen. Katzenklappe. Lani steigt so leise ein, wie es geht. Aber Ru sitzt kerzengerade im Bett und beobachtet sie trübäugig.

Was ist denn mit dir passiert?

Pscht. Schlaf weiter.

Aber dein Gesicht …

Pscht.

Ich hab gar nicht geschlafen.

In der Dunkelheit ihres eigenen Zimmers schält sie sich aus dem Kleid, das an manchen Stellen steif ist und an anderen klebrig. Blut, getrocknetes und noch frisches. Sie zieht die Unterwäsche aus und tastet mit dem Fuß, bis sie auf dem Boden das Handtuch vom Morgen findet.

Im Wohnzimmer schläft ihre Mutter im Sitzen in einem der genoppten Sessel, obwohl in ihrem Schlafzimmer niemand im Dunkeln herumstolpert.

Es läuft die Dauerwerbesendung, so leise, dass die einzelnen Clips gerade noch hörbar sind. Leute preisen Nackenstützkissen, Geschirr, Sicherheitsvorrichtungen an.

Eine Minute lang steht Lani in ihr Handtuch gewickelt daneben und wartet darauf, was es als Kaufanreiz noch gratis dazugibt. Wasserfeste Duschradios, waschbare Hussen, eine für zu Hause, eine fürs Büro, Geld-zurück-Garantie. Nutzloser Schrott, das ist klar, noch mehr Plastik, an dem ein paar Jahre später die Fische verrecken. *Einfach an der Arbeitsplatte befestigen, und aus einem kleinen Kohlkopf wird eine Wagenladung Krautsalat* …

Jemand hat den Job, für diese toten Stunden das Programm zu machen, hineinzustopfen, was geht. Jemand hat den Job, zu wissen, was für Leute da draußen zuschauen und wonach sie sich in ihrer Einsamkeit um vier Uhr morgens sehnen: ein Perlenstickerei-Set für zu Hause oder ein Hunde-Ferntrainer, der mit Ultraschall arbeitet, oder Telefonsexnummern oder Fred & Ginger, die die Treppe hinauf und hinunter, hinauf und hinunter tanzen. Crosby und Hope auf falschen Kamelen in einer falschen Wüste. Ihre Mutter liebt diesen weltfremden Mist, die Straußenfedern und erleuchteten Treppen – wenn schon nicht happy, dann sollen sie wenigstens rauschend sein, die Enden.

Das Fernsehlicht ist nicht gnädig zu ihrem schlafenden Gesicht, es macht die Haut grau und verstärkt die

Dellen. Sie sieht aus, als sei sie ertrunken und erkaltet in ihrem Sessel im düsteren Unterwasserlicht des Apparats.

Na komm, du ruinierst dir bloß wieder deinen Rücken, aber Evelyn gibt nur ein kurzes Murmeln von sich, das wie Zustimmung klingt.

Lani zieht ein rotes Wolltuch von der Armlehne des Sofas, wo es eine Stelle kaschiert, an der Belle gern herumgekaut hat, und legt es über den graublauen Geist ihrer Mutter, während auf dem Bildschirm ein Verkäufer als Kaufanreiz kostenlose Steakmesser, Frischhaltedosen, Alarmgeräte im Taschenformat dazugibt. Dinge, die das Leben leichter, ordentlicher, sicherer machen.

5.

MADRUGADA

Es ist was im Anzug, Les kann es riechen wie das Wetter. Er kann es sogar fast hören, wie einen Ton, der so tief ist, dass nur das Blut ihn wahrnimmt. Die dumpfen Explosionen der selbst gebauten Feuerwerkskörper sind gegen zwei Uhr morgens verebbt, dann folgte eine stille Phase, eine brütende Reglosigkeit; jetzt aber kracht es draußen wieder, wahrscheinlich Gewehrschüsse: Immer wieder kommt von jenseits der Faserzementwände ein kurzes, trockenes Knallen. Besoffene Neujahrskaninchenjagd – frustrierte Jungs, die kein Mädchen abgekriegt haben, töten um des Tötens willen, alles, was ihnen vor die Flinte läuft. *Nur zu, tut euch keinen Zwang an.*

Seit etwa ein Uhr ist er hier draußen und arbeitet, um Ruhe zu finden. Lötrauch und Zitronellrauch kräuseln sich gemeinsam im Lichtkegel einer alten Schwanenhalslampe, die verdreht ist wie eine Bronzekobra. Sie leuchtet Les' Hände und das nackte Radiogehäuse auf der Werkbank dazwischen aus und den Lötkolben in seinem spiralförmigen Ständer. Die Bakelithülle des Radios bewacht ein halbes Dutzend – wächserne, tote – Kondensatoren, die Les herausgenommen hat, um sie der Reihe nach durch funktionierende zu ersetzen. Nach jedem Austausch steckt er das Kabel wieder in die Steckdose, um seinen Fortschritt zu prüfen. *A little louder, a little bit louder now*, Call-and-Response eines alten Gospelsongs. Gut, gut, gut.

Er arbeitet in Unterhemd und Shorts, und trotz glimmender Räucherspirale richten die Mücken auf seinen unverhüllten Armen und Beinen Chaos und Verwüstung an. Hin und wieder hält er inne und klatscht oder kratzt oder kerbt mit stumpfem Daumennagel ein Kreuz in die am schlimmsten juckenden Stiche: ein Trick, den ihm seine Nichten gezeigt haben, als sie klein waren und ihm noch alles vorführen wollten, was sie selber gelernt hatten. Die Kreuze dienen entweder der Juckreizbekämpfung, oder sie sollen die Schwellung reduzieren. Vielleicht sollen sie einen auch nur ablenken; er erinnert sich nicht genau.

Das Innere des Radios teilt ihm mit – er denkt an Vogeleingeweide, an Voodoo –, was sich in der Welt tut, welche ihrer Teile in diesem Moment ins Jahr 1991 wechseln (Hanoi, Jakarta, ein stundenbreiter Streifen Russland) und dass ein schöner Tag bevorsteht, dreißig Grad, keine Aussicht auf Unwetter. Les dreht wieder ab und passt das eigentliche Radio in sein Gehäuse ein, schaltet es ein letztes Mal ein und legt die Hände auf das Bakelit, um den Moment zu spüren, in dem der Ton kommt, dieses warme Sirren, wie von einem Bienenkasten. Vierzig Mäuse wird das bringen, vielleicht fünfzig. Vielleicht will auch Ev es haben.

Er legt das Lötzinn hin und verstaut den Kolben. Tippt vorsichtig die Tür des Schuppens an, die aufschwingt und die reinere Luft hereinlässt. Draußen ist es stockfinster, eine Nacht wie schwarzer Samt. *Madrugada* nennen die Spanier diese dunkle Zeit des jungen Tags bis zur Morgendämmerung. Im Englischen bräuchte es auch so einen Begriff, ein Wort, das magisch und tückisch zugleich klingt, aber es gibt keins. Jedenfalls kennt er keines. Nur *the wee small hours*, aber das passt doch nicht – »die frühen Morgenstunden«, das vermittelt keine Vorstellung von den Empfindungen, die *madrugada* heraufbeschwört, weder Staunen noch Furcht.

Im hohen Gras hinter dem Zaun ist ein Rascheln, eine leichte Brise, die eine schaudernde Welle erzeugt. Deinen Wind musst du kennen, hat mal jemand gesagt. Vor Jahren. Das war dieser Typ, mit dem er in den Weinbergen gearbeitet hat. Redete daher, als hätte Les keine Ahnung. Hatte er auch nicht, jedenfalls nicht bei solchen philosophischen, spirituellen Dingen. Seine Gespräche mit Gott beschränkten sich im Grunde auf die Kirchenlieder, die handgeschrieben auf Overheadfolien an die Wand projiziert wurden, als er und Jack in der Sonntagsschule waren. Und überhaupt hatte er ja nur so getan, als sänge er mit, hatte nur die Mundbewegungen gemacht – den Ton dazu durften die anderen Kinder liefern.

Aber der Arbeiter im Weinberg redete ja nicht unbedingt von Gott. Wo war das eigentlich? Trauben. The Swan. Nicht Lese, sondern Schnitt, also kann es maximal September gewesen sein. Zu zweit arbeiteten sie sich die Reihen entlang, erst nur links, damit sie nicht die Morgensonne direkt in den Augen hatten – darauf waren sie selber gekommen, genial eigentlich –, und später, wenn die Sonne nach Westen gewandert war, kam die rechte Seite dran.

Schau, sagte der Typ, während er das Schnittgut hinter sich warf. Das ist nämlich ganz einfach …

Bei bestimmten Wörtern war eine Art Flackern in seiner Stimme, eine Unsicherheit, Überbleibsel einer fremden Muttersprache. Les hatte nicht gefragt, aus welchem Teil der Welt er kam.

Du musst unterscheiden lernen, welcher Wind deiner ist und welcher nicht. Klar? Verstehst du?

Les nickte, verstand aber nur Bahnhof, und seinem Kollegen entging das nicht.

Da, mit deinen Händen zum Beispiel, fuhr er fort, mit der Rebenschere gestikulierend, und sie blickten gleichzeitig auf die längst vernarbten Stümpfe von Les' Zeigefingern.

Wenn du gewusst hättest, welcher Wind schlecht ist, hättest du das hier vielleicht vorausgesehen. Wärst vielleicht besser vorbereitet gewesen.

Les genierte sich nicht, dennoch suchte er instinktiv seinen Händen eine Beschäftigung tief im Weinlaub.

Der Typ redete weiter: Vielleicht hat an dem Tag jemand anderes das große Los gezogen. Vielleicht ist jemandem der Schwanz wund gelutscht worden, ha!, von einer superschönen Frau. Weil das sein Wind war. Deiner war's jedenfalls nicht, das ist sicher. Also. Weißt du, wieso das so gekommen ist? Wieder deutete seine Schere zu Les' Händen hin, aber was sollte Les darauf sagen? Er hatte seine Zeigefinger tatsächlich nie als zu ihm gehörig empfunden und war erleichtert, als sie weg waren. So was konnte man dem Wanderarbeiter aber unmöglich erklären – überhaupt niemandem, der von seiner Hände Arbeit lebte. Um nicht entweder erklären oder lügen zu müssen, zuckte er nur die Achseln und grinste.

Nordwestwind?

Scheiße, wenn's so einfach wäre.

Du hast doch gesagt, es ist einfach.

Ein Junge mit Schubkarre näherte sich, der zwischen den Rebstöcken den Schnitt einsammelte, und der Mann senkte die Stimme, als sagte er etwas Verbotenes, Jugendgefährdendes.

Einfaches *Konzept*, meine ich, sagte er und klopfte sich mit einem erdverkrusteten, behandschuhten Zeigefinger an die Schläfe. Einfache *Idee*. Ja?

In dem Moment aber tönte vom Gehöft her die Glocke, die zum Mittagessen rief: Türstopperdickes Brot, auf dem sich Scheiben vom Braten des Vorabends türmten, das Fleisch klebrig von Minzgelee. Die Männer zogen sich das Hemd wieder über den Kopf und stiegen schweigend durch den Laubengang der Weinreben zum Haus hinauf.

Les weiß nicht, was an der Sache mit dem Wind dran ist, vergessen hat er sie jedenfalls nicht. So wenig, wie dass man Kreuze in Mückenstiche macht. Oder auf die Oberseite einer Getränkedose klopfen muss, bevor man am Ring zieht, um sie aufzureißen. Aberglauben, in erster Linie. Gewohnheit.

Der Wind an diesem Morgen ist weder das, was er ihm unterstellt, noch ist er Feind. Er ist nur ein Anflug von Verstimmung, die mit ihm nichts zu tun hat. Aber er bringt etwas mit, das vielleicht Unheil verkündet. Les schlägt eine Ecke der Sackleinwand zurück, die einen Kasten Selbstgebrautes zudeckt, öffnet eine der größeren Flaschen und nimmt einen Schluck. Warm, zu viel Kohlensäure. Die Hitze über Weihnachten hat es zu schnell gären lassen. In den letzten paar Wochen ist er jeden Tag während der größten Hitze in den Schuppen gegangen und hat die Flaschen in feuchte Tücher gewickelt, um den Prozess ein bisschen zu bremsen. Hat sich um sein Bier, seine befüllten Flaschen gekümmert wie um kranke Kinder (*leg dir deine eigene Scheißfamilie zu*), und das ist jetzt herausgekommen: nicht umwerfend, aber trinkbar. Er hebt die Flasche in die Richtung der Schüsse und nimmt noch einen Schluck von seinem missratenen Lagerbier. Aufs neue Jahr. Spare in der Zeit, so hast du in der Not, prost.

Gestern war Ev bei ihm. Am heruntergebrannten Ende des Tages, wie ein Fiebertraum. Tauchte kurz vor der Dunkelheit an der Umzäunung auf, wie einer seiner Streuner, und wollte wer weiß was. Vom Küchenfenster aus beobachtete er, wie sie unter dem oberen Draht hindurchschlüpfte, sich mit ihren Leinensandalen so vorsichtig zwischen den aufgebundenen Tomaten und Gurken bewegte, als hätte sie Angst, sie zu wecken, und er fragte sich, ob sie's auf ihn abgesehen hatte. Er ging aus dem Haus und ihr entgegen – Schweiß auf der Oberlippe, das Haar weißglühend, Engelsfeuer –, führte sie in die kühle Küche, bot ihr einen Platz an seinem Tisch und log sie an. Nein, sagte er auf ihre Frage, nichts von Jack gehört. Sie entschuldigte sich im selben Atemzug, das sei eine unfaire Frage, das wisse sie schon, und er sagte, gar nicht, angesichts der Umstände, und dann redeten sie eine Zeit lang über was anderes, bis sie wieder ging.

Es war aber mehr, es steckte mehr dahinter, etwas, das sich träge und moschusartig zwischen Gesagtem und Ungesagtem rekelte, und er kam sich vor wie ein Verräter, gegenüber beiden.

Jack hatte ihn angerufen, am selben Morgen, als er mit einer Geruchsmischung aus Bärlauch, Fenchel und Rasenmäherdiesel in der Nase aus dem Garten heraufgekommen war, und es mochte am Diesel gelegen haben oder es war reiner Zufall, dass er, als er auf das plärrende Telefon reagierte, jetzt schon an die Orangensaison dachte. Es war jedenfalls Jack. Erst mal vorwurfsvoll.

Wo steckst du die ganze Zeit, verdammt? Das ist jetzt schon mein siebter beschissener Versuch.

Les meinte ihn fast vor sich sehen zu können: eine Telefonzelle an der Acland Street, nach Pennerpisse stinkend, die Glasscheiben übersät mit ordinären Kritzeleien. Jack, der sich jede neue Kippe an der letzten anzündet, immer wieder Münzen nachwirft, bis das Läuten abreißt; als das Spielautomatengeratter in der Münzrückgabe einsetzt, zuckt er zusammen, denn jeder misslungene Versuch macht ihn nervöser und nervöser.

Ich mähe die Wiesen, sagte Les.

Meine?

Meine.

Bist du oft drüben oder was?

Nicht öfter als sonst. Das schien ihn zu beruhigen, obwohl Les nicht sagen konnte, warum.

Weihnachten war okay?

Ja, supertoll – was glaubst du denn? Les wartete, während sich am anderen Ende der Leitung der Raum dehnte und sich mit Sirenen, Trambahnglocken, Jacks Atem füllte.

Hör mal, sagte Jack. Ich überlege, für eine Weile in den Norden zu fahren.

Was ist dort?

Och. Ist auch nicht viel anders als der Süden, nur dass einem der Hut auf dem Kopf bleibt.

Jack.

Hm. Ja?

Und Les wusste, dass es keinen Sinn hatte, ihm so was wie Vernunft oder Verantwortung ins Gewissen reden zu wollen.

Warum sagst du mir das überhaupt?, fragte er. Solang du nicht dahin gehst, wo du gebraucht wirst, kannst du von mir aus ans Ende der Welt fahren – meine Erlaubnis brauchst du sowieso nicht.

Er wartete – sie warteten beide, schien ihm –, dass Jack den Hörer aufknallte. Nichts dergleichen: Sein Bruder räusperte sich und sagte: Tatsache ist, dass ich dich um einen Gefallen bitten muss.

Les schwieg und wartete auf den Rest.

Also, mein Pass. Ich dachte, ich hätte ihn dabei, aber anscheinend ist er in der Kiste. Du könntest ihn an einen Kumpel schicken, und zwar nach …

Du kannst mich, sagte Les, suchte aber schon nach einem Kugelschreiber und einem Fetzen Zeitung, um die Adresse zu notieren.

Dein Pass. *So weit* nach Norden willst du also?

Weiß noch nicht genau. Vielleicht auch nur nach Neuseeland. Es gibt Schiffe. Und dort hat es keine Schlangen, weißt du?

Seeschlangen.

Dann geh ich halt nicht schwimmen. Hör mal, du wirst wahrscheinlich das Schloss aufbeißen müssen. Den Schlüssel hab ich verschmissen. Brich dir aber bloß keinen Zahn ab.

Schon gut. Sonst noch was, wenn wir schon dabei sind, Euer Lordschaft? Eigentlich wollte er in unmissverständlichen Worten klarmachen, dass er sich *nie wieder* in irgendeinen Schlamassel seines Bruders hineinziehen lassen würde, dass dies das letzte, das *aller*letzte Mal sei. Aber leider endete das Telefonat damit, dass sie über irgendwelche Städte redeten, Mildura und Goulburn, und einem Uraltwitz von der Riesenkrabbe, dem Riesenschaf und der Riesenananas, die miteinander in eine Bar gingen und nach der Riesenbanane fragten – ein Nonsens, über den sich ihr alter Herr endlos amüsiert hatte und den er gar nicht oft genug erzählen konnte, manchmal hatte er das eine Riesending gegen ein anderes Riesending ausgetauscht –, sodass Les, als er auflegte, einigermaßen aufgeheitert war und noch eine Weile vor sich hin grinste, bis ihm seine Idiotie aufging.

Wie er Evelyn versprochen hatte, ging er los und schleppte den ausrangierten Christbaum zum Straßenrand, und als das erledigt war, ging er in die Garage, um ein bisschen aufzuräumen – mit dem Erscheinen seines missbilligenden Bruders war schließlich nicht zu rechnen – und an der Klingel von Rus Fahrrad herumzubasteln.

Es gibt hier massenhaft Rotrückenspinnen, warnte Ru ihn, als sie im grellen Licht draußen vor dem halb offenen Rolltor stand, sich die verschwitzten Stirnfransen aus den Augen wischte und zu ihm ins Halbdunkel spähte.

Weiß ich, sagte er und führte ihr die Glocke vor, während er das Rad zu ihr schob.

Dad kümmert sich um die, wenn er wieder da ist.

Weiß ich, sagte er noch einmal und fühlte sich feige. Er sah ihr nach, als sie sich, mit Streichholzbeinen im niedrigsten Gang strampelnd, aus dem Staub machte, dann zog er das Tor wieder herunter. Auf einem der Regale lag ein alter, jetzt mit aufgerollten alten Weihnachtslichterketten vollgestopfter Vinylkoffer, den er aus dem ersten Nachkriegssommer wiedererkannte. War es ein guter Sommer? Wenn es so kurz nach Vietnam so etwas wie einen guten Sommer geben konnte. Und wenn es überhaupt sein Bruder gewesen war, der auf das Dach des Schlafhauses geklettert war, besoffen natürlich, und dieses lächerliche Lied über gefrorenen Orangensaft gesungen, vielmehr gegrölt hatte, bis einer der anderen Arbeiter gedroht hatte, ihm den Hals umzudrehen.

Orangen!, hatte er noch ein letztes Mal gebrüllt und war wieder vom Dach geklettert. Jesusmaria. Wer hätte gedacht, dass einem dieses Dreckszeug derart zu den Ohren herauskommen kann?

Les teilte diese Ansicht allerdings nicht, weder damals noch heute; manchmal isst er sie immer noch so wie seinerzeit in Mildura, als er geradezu eine Kunst daraus gemacht hatte: Man musste die Orange systematisch gegen einen Baumstamm oder die Flanke eines Fasses schlagen, vorsichtig, damit die Schale nicht aufplatzte, und so lange hin und her rollen, bis das Innere zu Brei geworden war; dann ritzte man die Schale mit einem Daumennagel (Zitronensäurebrennen an eingerissener Nagelhaut!) auf und bohrte ein Loch, durch das man den sonnenwarmen Saft saugte.

Wie ein Mungo, der ein Ei frisst, sagte Jack mit säuerlicher Grimasse. Jack massakrierte seine Orangen, weil sie ihm zu sehr auf die Nerven gingen, als dass er ihnen mehr Zeit widmen wollte, als unbedingt erforderlich war; und massakrieren hieß, dass er oft einfach in die bittere Schale biss und häckselmaschinengleich alles auf einmal zerkaute, was er selbst widerlich fand.

In dieser Saison schliefen sie auf Feldbetten im selben langen, niedrigen Schuppen, am unteren Ende teilweise im Schatten der Mandelbäume, die ihre rosaroten Blütenverwehungen über den Boden breiteten und die Regenrinnen damit verstopften. Riesenkrabbenspinnen mit Beinen so lang wie Bahnhofsuhrzeiger hockten reglos an den Faserplattenwänden. Reglos jedenfalls, bis Jack einen Stiefel nach ihnen warf; dann flohen sie Richtung Decke oder fielen verstümmelt auf den Betonfußboden, wo sie von Jack sofort platt getreten wurden.

Aber die sind doch völlig harmlos.

Von wegen, nichts ist harmlos. Jack schüttelte energisch seinen Schlafsack aus, um alles, was womöglich darin hauste, obdachlos zu machen.

Schwer von den Schmerzen in allen Muskeln und dem Bier im Worker's Club, fielen sie jede Nacht in ihre Feldbetten und schickten im Dunkeln noch ein paar Worte durch den anderthalb Meter breiten Raum über ihnen hin und her.

Hey, weißt du noch, das Haus in Doncaster?

Doncaster. Mit Vin Frisk?

Ja. Frisky Vin … diese Zeitschriften.

Was ist mit dem Haus?

Gar nix. Hab nur laut gedacht.

Dann Stille; jedenfalls so viel Stille, wie in dem Gemeinschaftsquartier sein konnte. Aber die paar Male, die er seinen Bruder in diesem Schuppen wirklich hatte schlafen sehen, konnte Les an einer Hand abzählen, und zwar ohne seine Zeigefingerstummel. Manchmal wähnte er ihn schlafend, weil Jack reglos dalag wie der Tod und auch sein Atem unhörbar war. Aber das Glitzern seiner offenen Augen verriet ihn. Meist sah er beim Erwachen Jack aufrecht im Bett sitzen und aus dem verdreckten Fenster starren oder, schon jenseits des Fensters, rauchend unter den Mandelbäumen stehen, die Zigarettenglut in der hohlen Hand verborgen. Noch immer versteckte er seine brennende Zigarette, obwohl es dafür keinen triftigen Grund mehr gab. Sie waren ja nicht in der Highschool, wo der alte Mr. Barnard dampfwalzenmäßig um eine Barackenecke biegen konnte, um ihn am Schlafittchen zu packen. Aber Les wusste warum, und er sah seinen Bruder, seinen Halbbruder, dort unter den tropfenden rosaroten Bäumen stehen und wusste, er würde bis ans Ende seines Lebens die Zigarettenglut in der hohlen Hand verbergen. Bis ans Ende seiner langen schlaflosen Nächte und auch an den helllichten Tagen dazwischen. Würde den Lichtschein seiner Glut vor Männern verbergen, die womöglich schon tot waren, auf jeden Fall aber Tausende Meilen entfernt, über Land und Meer und noch mehr Land.

Er hatte davon gehört – von Männern im Alter ihres Vaters, von Männer aus anderen Kriegen –, Soundso habe nicht mehr nach Hause gefunden. Das hieß nicht, dass Soundso drüben gefallen sei, und auch nicht, dass er Teile von sich in den brandfleckigen Notgruben der Lazarette zurückgelassen habe. Sondern dass an seiner Stelle ein anderer Mann zurückgekehrt sei, ein Wesen, das zwar in seinem Körper wohnte und mit seiner Stimme sprach, aber wie mit fremden Augen aus der Maske des Gesichts blickte.

Bei seinem Bruder war es anders. Jack war als derselbe zurückgekommen, der er gewesen war; nur hatte er den Krieg mitgebracht, wie eine latente, krebsartige Erkrankung, die sich tief unten, auf der Ebene der Zellen, durch seinen Organismus fraß. Vielleicht wucherte sie die ganze Zeit, während Jack und er biertrinkend an der längsten Theke der Welt saßen, tief unten im weichen Gewebe; vielleicht verriet sie sich nur in den kleinsten Anzeichen: im Zusammenbeißen des Kiefers, wenn die Glocke zur letzten Runde rief, in seiner Schlaflosigkeit, im Verstecken der Zigarettenglut in der hohlen Hand.

Junge Männer kamen aus dem Krieg zurück und ließen einen Test über sich ergehen, als seien sie betrunken am Steuer erwischt worden. Mussten sich mit einer Stiftlampe in die Augen leuchten lassen, mussten die Nase im Gesicht lokalisieren – präzise genug, Junge – und wurden ihres Weges geschickt.

Les beobachtete ihn dort draußen, wie er Rauch in die Mandelbaumzweige blies, als gälte es im Laub über ihm etwas aufzuscheuchen. Er mag an den Krieg gedacht haben oder an Evelyn: ihretwegen war er hier. Er hatte gesagt, er wolle schnelles Geld mit einer Arbeit, die er jederzeit wieder aufgeben könne; das sei die einzige Sorte Arbeit, die er je wieder machen wolle.

Ich dachte, die Mädchen fanden deinen Vorführjob sexy.

Ich sag dir, was nicht sexy ist. Eins-fuffzig die Stunde und in einer Absteige pennen.

Viel mehr bringt dir das Zitronenpflücken auch nicht.

Mag sein, aber es geht schneller. Und das Finanzamt kann seine gierigen Griffel stecken lassen, die kriegen keinen Cent.

Er redete nicht viel über Ev in dieser Saison oder über die Pläne, die ihm im Kopf herumgingen, aber alle paar Tage versuchte er sie abends von der Stadt aus anzurufen. Lehnte am Münztelefon vor dem Pub und scharrte mit der Schuhspitze in der glimmergesprenkelten Erde des Fußwegs wie ein Kind. Kratzte mit einer Flaschenscherbe ihren Namen in die Scheibe, während er wartete, wer in dem großen alten Haus an der Central Coast ans Telefon ginge. War es Mr. oder Mrs. Morgan, legte er sofort auf. Aber Evs Stimme konnte er damals leider noch nicht auf Anhieb von der ihrer Schwester unterscheiden, jedenfalls nicht am Telefon, sodass er manchmal ein *Hallo Fremde* herausbrachte, bevor Stell den Hörer auflegte, wie sie instruiert worden war. Dann kam er missmutig wieder herein, bestellte noch ein Glas *Scheißdrauf* und starrte in sein Bier, als wär's eine Röhre zum Mittelpunkt der Erde. Nur selten hatte er das richtige Mädchen am Apparat, und bei einem dieser seltenen Male legten die beiden einen Code fest: Er würde es drei Mal läuten lassen und dann wieder auflegen, dann wüsste sie, dass er's war und dass er an sie dachte, und das wäre genug.

Was, wenn jemand beim ersten oder zweiten Mal drangeht?, hatte Les gefragt.

Passiert nicht. Ist ein Riesenhaus.

Was fand er eigentlich an ihr? Les erinnerte sich an das letzte Mädchen, Jody; da hatte er sich andauernd

Jacks überschwängliches Schwärmen anhören müssen, und er kannte sogar das weniger Begeisternde: dass sie in der Dusche auf ihre Dessous trat, dass sie jeden, den sie nicht leiden konnte, Francis nannte, dass ihr Tag und Nacht ein roter Spaniel an den Fersen klebte, der mal ihrer Großmutter gehört hatte und ausschließlich auf walisische Kommandos hörte.

Evelyn dagegen war ein leeres Blatt. Aber so neugierig er auch war – es hatte keinen Sinn, direkt zu fragen. Jack fuhr sich nur mit der Hand durch sein schweißstarres Haar, aus dem der Bürstenschnitt längst herausgewachsen war, und sagte: Sie verlangt nicht zu viel von mir. Les glaubte erst zu wissen, was damit gemeint war, aber Jahre später, als er mal zu Besuch kam, fand er die beiden mitten in einem Krach, Ev mit dem Rücken an der Badezimmertür und Jacks Faust an ihrem Kinn, während er die unflätigsten Beschimpfungen ausspie, die ihm einfielen. Sie hatte die Augen geschlossen, und ihre Lippen waren reglos; dennoch gab einem ihr Anblick das Gefühl, dass sie betete. Es hatte etwas fast Heiteres, etwas Überirdisches, als Jack seine Faust zurückzog und neben ihrem Kopf gegen die Tür krachen ließ – *Was wollt ihr alle von mir? Was wollt ihr alle von mir?* –, beim dritten Schlag splitterte das Sperrholz. Les hätte in ein Dutzend schlimmere Szenen hineinplatzen können, das war ihm klar (das Haus wies genügend Spuren von Schlimmerem auf, und nicht nur das Haus, auch Evs Gesicht), aber er bekam eben zufällig diese eine mit. Keiner von beiden hatte bemerkt, dass er da war, blöderweise mit einem Bund Rote Rüben in der Hand, die er in seinem Garten geerntet hatte, als Mitbringsel, als Gegenleistung für Gesellschaft. Dann öffnete Ev die Augen und sah ihn dort stehen, Jack fuhr herum, und Les hatte nicht gewusst, welche Kraft in ihm steckte. Er schlang die Arme um seinen Bruder, und der Geruch, den der Mann verströmte, war Angst. Das war kein Arbeits-, nicht mal Kampfschweiß, sondern ätzende, ammoniakhaltige Katzenpisse, reine Todesangst, als fürchtete er wirklich, an Ort und Stelle zu sterben, hier in diesem dämmrigen Flur, wo nichts, wirklich nichts ihm schaden wollte. Gemeinsam fielen sie auf den gesprenkelten Teppich, Jack wand sich wie ein Besessener in der giftigen Glitschigkeit seiner Haut, und Ev verschwand auf die andere Seite der eingeschlagenen Tür und sperrte sich ein. Da ließ Les seinen Bruder los und hob, noch während er sich aufrappelte, die Handflächen; aber Jack, der schneller auf den Beinen war, sah ihn nur an und spuckte angewidert auf den Boden, seinen eigenen Fußboden.

Leg dir deine eigene Scheißfamilie zu. Dann ging er, ohne irgendwas mitzunehmen, und Les hütete sich, ihm zu folgen.

Ev? Er sprach direkt gegen das gesplitterte Sperrholz. Alles okay?

Von der anderen Seite kam kein Laut. Keine Antwort, kein Schluchzen. Dann das Rauschen der Dusche. Zehn Minuten später kam sie in ein Handtuch gewickelt heraus und schien überrascht, ihn noch hier anzutreffen; er lehnte geduldig an der Wand, und die Rüben lehnten ihrerseits an der Sockelleiste. Sie hob die Hand an die Stelle zwischen ihren Brüsten, wo das Handtuch festgesteckt war, und ließ sie dort. Ungeschminkt, ohne Make-up, das Haar klebte ihr feucht am Schädel und roch nach Kindershampoo, sah sie alt und kindlich zugleich aus.

Geh heim, Les, sagte sie und ging an ihm vorbei den Flur entlang bis ans Ende, wo sie in der Düsternis des Schlafzimmers verschwand.

Bestimmte Augenblicke verloren an Substanz, wenn man sie wieder hervorholte; Erinnerungen, die er hatte bewahren wollen, nahmen stattdessen den fettigen Glanz von abgegriffenem Wildleder an. Manchmal ringt er darum, Erlebtes für wahr zu halten, etwa den Baum, in den der Blitz einschlug und der aufflammte wie eine Fackel, spektakulär, dieser einsame lodernde Baum auf einem dunklen Hügel außerhalb von Bendigo. Oder das Haibaby, das er und Jack mal gefangen und behutsam zu einem Rockpool gelotst hatten, damit es bei Ebbe nicht mehr fliehen konnte und sie später am Nachmittag einfach wiederkommen und es in einen Eimer treiben konnten (kommt überhaupt nicht infrage, hatte Mim gesagt, als sie es stolz zum Strand getragen hatten, um es vorzuführen).

Oder wie ihn seine Mutter, nicht lang bevor sie versuchte, sie beide zu ertränken, zum Flussufer rief (in seiner Erinnerung ist es der Tarwin, aber genau weiß er es nicht) und ins Wasser deutete, auf die glitzernden Punkte am Grund. Minutenlang hatten sie versucht, sie mit den Händen zu fangen, aber die Glitzerteilchen entwischten immer wieder, schwammen ihnen zwischen den Fingern hindurch, bis sie am Ende kapierte – oder war er's selber, der es erkannte? –, dass sie nach dem Spiegelbild der Sterne griffen.

Auch das ist trüb geworden, verwackelt wie ein zu oft abgespieltes Video.

Aber das, dieser Fehler im Flur, das ist etwas anderes. Er ist klar und scharf erhalten, unwandelbar, noch Jahre danach. Und er denkt, es liegt daran: Als Jacks Faust wieder und wieder zwei Zentimeter neben ihrem Gesicht gegen und dann durch die hohle Tür schlug, zuckte Evelyn mit keiner Wimper. Wie bei einer Zirkusnummer, wie die Assistentin eines Messerwerfers: nicht das leiseste Zucken. Und irgendwie begreift Les, dass dies schlimmer ist als alle Brutalitäten, die er nicht miterlebt hat, schlimmer als alles, was er immer nur an den Folgen gesehen hat.

Wenn er ehrlich ist, fürchtet sich Les vor dieser Kiste – nein, natürlich vor dem, was er womöglich darin findet. Auch wenn damals, vor Monaten, als Jack sie gebracht hat, seine Neugier fast gewonnen hätte. (Er hat also damit gerechnet, hat sein Verschwinden geplant, jedenfalls seit damals. Wann war das, August? September?)

Die Mädchen werden allmählich misstrauisch, hatte Jack erklärt und peinlich vermieden, Les dabei anzusehen. Sie stecken ihre Nase überall rein, beide. Ich hatte ein Versteck im Dachboden der Garage, aber inzwischen ist gar nichts mehr sicher. Und diese Loser, die Lani immer anschleppt …

Keine Sorge, hier ist Platz genug.

Und du wirst nicht … Du weißt schon. Du wirst auch nicht …?

Was sollte ich denn mit deinen dämlichen Vietnam-Liebesbriefen anfangen? Sodass sie beide lachen konnten.

Kein echtes und müheloses Gelächter, aber halbwegs, und gemeinsam hievten sie das Mistding aus Jacks Ford und trugen es rund ums Haus. Jack hatte offenbar mit seinem Ja gerechnet und die Kiste schon auf dem Rücksitz seines Fords mitgebracht. Und Les selbst hatte schon geahnt, dass Jack was von ihm wollte – irgendeinen Gefallen musste er ihm tun: Weshalb sonst wäre er mit dem Auto gekommen und nicht einfach die paar Meter zu Fuß, wie sonst?

Hast du dieses Teil allein aufs Dach geschleppt und wieder runter?

Frag nicht. Hab mir sicher einen Bruch gehoben.

Les betrachtete die soldatengrüne Militärkiste und erinnerte sich, dass sie schon bei Dad und Mim im Flur herumgestanden hatte. Zerbeult und voller Farbflecken, der Riemen gerissen. *Puckapunyal* stand darauf, mit weißer, hingeschluderter Schablonenschrift.

Willst du das drin oder draußen haben?

Ist mir scheißegal.

Les fragte nicht: Warum schmeißt du das Teil dann nicht einfach weg? Sondern er deutete mit dem Kinn durch die Hintertür zum sogenannten Gästezimmer, das bis auf ein leeres Aquarium und mehrere Jahrzehnte *National Geographics* nichts enthielt.

Erkennt man's, wenn man es zufällig sieht?

Kann sein, sagte Jack, und deshalb warfen sie ein Laken darüber und schichteten vorsichtshalber auch noch mehrere Stapel *National Geographic* darauf.

Na bitte – ist praktisch ein Sofa.

Wie lang hast du nicht mehr reingeschaut?

Keine Ahnung. Jahre.

Weißt du überhaupt noch, was drin ist?

Ja.

Alles?

So ziemlich.

Zum Beispiel?

Maulkorb für Bescheuerte.

Mit anderen Worten, es geht mich einen Scheiß an …

Es geht dich einen Scheiß an.

Es geht mich garantiert was an, dachte Les, als er dort stand und das Ding ansah, aber er sagte nichts. Das Vorhängeschloss wäre leicht zu knacken, ein ganz simples Sicherheitsschloss, aber noch einfacher wäre es, den Deckel aus den Scharnieren zu stemmen. Was er beinahe getan hätte, ein paar Stunden später, als er mit laufendem Kreuzschlitzschrauber davorstand und sich vorkam wie eine Biene oder Hummel, bis er sich's anders überlegte.

Jetzt, da er die Erlaubnis dazu hat, ist er noch weniger erpicht darauf. Seit Jacks Anruf macht er einen Bogen um seinen Abstellraum, selbst wenn er eigentlich etwas daraus braucht. Hat das Gefühl, die Kiste dort drin bebt und pulsiert, und das besonders laut, als Jacks Frau an seinem Tisch saß und die Zuckerdose hin und her schob, weil sie ihre Frage bereits gestellt hatte, aber nicht wusste, wie sie sich jetzt elegant aus der Affäre zog.

Als er endlich im selben Raum mit der Kiste ist, merkt er, dass er noch immer nach etwas horcht, und es wird ihm klar, wie absurd das ist. Mit ganzer Kraft drückt er die Arme des Bolzenschneiders zusammen, und der Bügel des Schlosses springt entzwei. Les macht sich auf Grauenhaftes gefasst. Schauerliche Trophäen, Souvenirs.

Ledriges, schon lang nicht mehr kenntliches, auf Schnürsenkel aufgefädeltes Fleisch. Zähne und Haare. Er hat gehört – das heißt, Jack hat es ihm erzählt –, dass sie heimlich alle möglichen bizarren Kriegserinnerungen mitbrachten: Kreaturen, lebendige und ausgestopfte; primitive Waffen aller Art; Potenzmittel aus exotischem Pflanzenmaterial und zermahlenem Getier. Und schaurige Andenken eigener Erzeugung.

Doch in der Kiste sind keine Abscheulichkeiten solcher Art, jedenfalls nichts, das in irgendeiner für ihn verständlichen Sprache von Abscheulichkeit spricht. Als er den Deckel aufklappt, schlägt ihm Schimmelgeruch entgegen; Dschungelmoder oder Dachbodenmief, wer weiß. Zuoberst ein Drogerieumschlag mit Fotografien: vierundzwanzig Abzüge, rechteckig, 10 x 15, immer wieder dieselbe milchige Schwärze. Der Film war ursprünglich nicht ordentlich eingelegt, vermutet Les. War aufgewickelt in der Rolle geblieben, während die Kamera Gott weiß was geknipst hatte. Unter den Fotografien fand er allerlei Papiere, Broschüren, Dienstvorschriften. *Leitfaden des Soldaten zum Schutz vor ABC-Kampfstoffen.* Ein Agent-Orange-Infoblatt. Eine Skizze auf der Rückseite eines Florpostblatts. Das war Jack, erkannte er, Jack mit einem Gewehr, das er entweder zerlegte oder wieder zusammensetzte. Ein paar Briefe aus der Heimat. Einer von ihm, geschrieben nach einer Reise ins Nordterritorium:

Dad und Mim haben dir wahrscheinlich schon von unserer NT-Fahrt berichtet. Prähistorische Gegend eigentlich, es wimmelt dort von Drachen. Goannas, meine ich. Hast du diese Burschen mal aus der Nähe gesehen? Gestern

Abend haben wir zugeschaut, wie sich einer über ein Huhn hergemacht hat: das reinste Gemetzel.

Er erinnert sich an den Vorfall, aber nicht daran, dass er davon erzählt hat. Erinnert sich auch, wen er mit diesem *wir* mitgemeint hat, aber lieber unerwähnt ließ: dieses große Mädchen aus Darwin, Elena; ihr Schweiß roch wie wilder Salbei, wie Staub, der von einem schmalen Pfad über dem Meer aufsteigt. Keine Unterwäsche unter ihrer feuchten Levi's, als er sie ihr endlich ausgezogen hatte. Er hatte gedacht, er wüsste genau, was er tat, als er auf ihrer zerknitterten Jeans kniete, die Handflächen um die hohen Grate ihrer Beckenknochen gelegt. Sie aber lachte da oben, belustigt, nicht unfreundlich. Ich bin doch keine Mango, Süßer, sagte sie, und er hatte versucht, sich ein bisschen zusammenzureißen.

Sie war diejenige, der er von seiner Mutter erzählte. Kann auch sein, dass er auf einmal ein Mitteilungsbedürfnis hatte, und sie war dann eben da gewesen. Zwischen ihnen eine ausgebreitete Zeitung mit den angekokelten Schalen von geklauten Seeohren und ein Halbliterglas Starkbier, das sie hin- und herreichten.

Es lagen nur zwei Jahre zwischen der ersten Erinnerung an seine Mutter und der letzten. Immer nur Momentaufnahmen, eingerahmt von sehr viel Highway. Er auf der Rückbank, von vorn mit Essbarem versorgt, mit Salzigem, mit Eingewickeltem. Kurzes Beinevertreten rund um ländliche Kriegergedenkstätten. Ein Polizist, der mit einer Taschenlampe ans Fenster der Fahrerseite klopft: Hier können Sie aber nicht schlafen, tut mir leid. Und ihre leise Stimme, außerhalb des Autos, was bedeutete, dass sie doch hier schlafen durften, ausnahmsweise. Sie beide am Flussufer in dieser letzten hellen, heißen Nacht, als sie mit den Händen Sterne aus dem Wasser zu schöpfen versuchten.

An der Brücke begriff er, was seine Mutter vorhatte. An der Brücke drehte sie sich zu ihm um und lächelte ihn verschwörerisch an, wie sie nur ihn anlächelte. Ihre Augen leuchtend wie lebendige Korallen, und er hatte keine Angst.

An das Weitere erinnert er sich nicht; es wurde ihm erzählt, oder er hat es irgendwie mitbekommen. Dass es ein Tidefluss war und das Wasser zu dem Zeitpunkt niedrig genug, sodass kein größerer Schaden entstand. Dass ein Mann, der mit seinem Hund unterwegs war, alles gesehen hatte und ihnen nachrannte, die Böschung hinunter. Dass sie ein paar Schnittwunden hatte und Les ein bisschen verstört war, natürlich, das arme Lämmchen, aber alles in allem … Und eigentlich ist es doch ein Wunder …

Und so kam er zu seinem Vater und Jack und Mim, die Grund genug gehabt hätte, seinen Anblick zu verabscheuen, aber dem war anscheinend nicht so, oder sie ließ es sich nicht anmerken, vielleicht wusste sie ja seit Jahren von seiner Existenz, und sowieso war sie ein pragmatischer Charakter. Er wiederum sah sie als Dads Frau, immer. Irgendeine irrationale Restloyalität, die er sich nie ausreden konnte.

Sie waren nie mit ihm in das Heim gefahren, in dem man sie untergebracht hatte, seine Mutter. Das sei nicht gut für ihn. Sagte Mim. Er fuhr auch selbst später nicht hin, als er alt genug gewesen wäre, und sie war in diesem Heim gestorben, nicht lang vor seinem Brief an Jack, in dem er von den Goannas erzählte und seine Mutter verschwieg, auch das Mädchen verschwieg, alles, was ihm von ihr, von ihm mit ihr, zwischen feuergerösteten Seeohren und dem Begleitgestank nach verkohlten Muschelschalen, in Erinnerung war.

Übrigens stimmt es, was man von den Stränden hier hört. Quallensaison! Hab einen kleinen Racker gesehen, der fast in Essig abgesoffen wäre … Jedenfalls ist die Wildnis dort, wo du bist, hoffentlich freundlicher.

Er steckt den Brief in den Umschlag zurück und schiebt ihn wieder zwischen die Briefe von Dad und Mim, von Jody, von Nan und anderen. In tieferen Schichten findet er Campingausrüstung, Werkzeug, eine Unterlegplane. Ein paar Frauensachen. Ein Hemd der nordvietnamesischen Armee, originalverpackt in spröde gewordenem Zellophan. Eine grob geschnitzte Kette aus drei vollständigen Gliedern und einem vierten, von dem ein Stück fehlt. Medaillen, die es wohl mal gab, sind längst verschwunden – versetzt, in Alkohol umgesetzt; was sich hier in dieser Kiste findet, ist alles, was ihm darüber Aufschluss geben kann, wer sein Bruder in diesem tropischen, sinnlosen Jahr war.

Auf dem Boden der Kiste liegt, sauber gefaltet, eine Garnitur kakigrüne Tarnkleidung. In einer Hosentasche findet er einen Briefumschlag, darauf in Druckbuchstaben die Adresse des Elternhauses in Warrandyte. Das moosgrüne, holzvertäfelte Haus, in dem Mim noch immer wohnt, allein inzwischen. Zeichnet alte Filme auf, die im Fernsehen laufen, und redet über die Possums unter dem Dach, als seien sie heilige Wesen. Ihre stinkenden Flecken sickern durch den Putz an der Zimmerdecke, verursachen eine ekelhafte Kartografie.

Sie tun doch niemandem was!, hat sie gezischt, als Les ihr anbot, die Tiere zu beseitigen. Auf humane Weise, versicherte er. Aber sie wollte nichts davon hören.

Diese Adresse. Die Briefmarke ein Bild von Roberts, Schafböcke, die geschoren werden. Absender eine Person namens R Fox mit der Nummer eines Postfachs in Bundaberg, Queensland. Zu schwer, um ein Pass zu sein, und überhaupt ist der Brief uralt, laut Poststempel vom Juni '74. Der Umschlag ist völlig unversehrt, wurde nie geöffnet. Angesichts dieses Mangels an Neugier muss Jack gewusst haben, was drin war. Oder er wollte es nicht wissen?

Les betrachtet den akkurat geschriebenen Namen seines Bruders. Möchte wissen, was dieses rechteckige Gebilde wohl ist, und überlegt, den Umschlag über Dampf zu öffnen, doch dann – scheiß drauf – fährt er mit dem Daumennagel unter die gummierte Lasche und reißt das Kuvert einfach auf. Die Kassette, die zum Vorschein kommt, ist etwa bis zur Hälfte vorgespult, das Etikett von derselben ordentlichen Hand beschriftet. *CB (Mai) 1968. Erstes Licht.* Das ist alles. Kein Brief leistet ihr Gesellschaft.

Das einzige Kassettendeck, das er heute noch hat, ist der Kassettenplayer in seinem Truck, und auch der funktioniert nur halbwegs. Er legt die Kassette beiseite.

Als er das Hemd seines Bruders auseinanderfaltet, nimmt er eine in der Baumwolle nistende fettige Feuchtigkeit wahr und das Gewicht von Erkennungsmarken in beiden Brusttaschen. Er lässt die Marken, wo sie sind, und fährt mit der Hand in einen Ärmel, vorsichtig, als könnte sich etwas darin niedergelassen haben. Eine von

Rubys berüchtigten Rotrückenspinnen. Aber die Hand kommt ungebissen am anderen Ende wieder zum Vorschein, und der Ärmel ist eine Handbreit kürzer, als er sein sollte, die Manschette endet auf halber Höhe des Unterarms; aber Les ist ja, wenn er richtig aufrecht steht, einen Kopf größer als Jack. War seine Mutter eine große Frau? Er erinnert sich nicht. Er hat ein paar Fotografien bekommen, aber keine lässt einen Größenvergleich zu, auf keinem Foto ist jemand, den er kennt. Natürlich gibt es kein Bild mit seinem und Jacks Vater. Aber sie muss wohl groß gewesen sein, denkt er. Eine imposante Frau.

Es hat keinen Spiegel im Haus, nur seinen Rasierspiegel, und der ist eine Scheibe, die ihm nicht viel mehr zeigt als sein Kinn und den schabenden Nassrasierer, wie er Schneisen in den Schaum pflügt. Aber er braucht auch keinen; es genügt ihm, was er als Spiegelbild im dunklen Fenster sieht, und mehr interessiert ihn nicht; der Raum und er darin stehend, im zu kleinen Hemd seines Bruders, dämlich genug.

Wäre er eingerückt, wenn er ausgelost worden wäre? *Wenn sie dich am Sack haben.* Vielleicht. Vielleicht wäre er auch desertiert. Hätte sich ins Unterholz geschlagen und die anderen Idioten in einem Krieg kämpfen lassen, der sie nichts anging. Vielleicht wäre er auch verschont geblieben, wegen seiner Hände. *Verweigerung aus Feigheitsgründen*, dachten die Leute. Natürlich hätte er sich bessere, heroischere Geschichten ausdenken können – Haiangriffe, Spielschulden –, aber er beließ es bei dieser. *Ohne Schießfinger kann man nicht schießen.* Mochten sie ihn deswegen ruhig für sonderbar oder Schlimmeres halten – wüssten sie den wahren Grund, hätten sie ihn mit Zwangsjacke in die Klapse eingeliefert.

Einfach nur Abneigung war es nie. Sie sahen eigentlich ganz normal aus. An jemand anderem, als fremdes Paar Hände, wären sie völlig okay gewesen. Genau das aber war das Problem – sie gehörten nicht zu ihm. Und sie widerten ihn an. Das war die einfachste Erklärung.

Auch seine Stimme konnte er nicht ausstehen, damals; noch heute ist ihm zuwider, wie sie manchmal in die Höhe schnellt und sich seiner Kontrolle entzieht, wie bei einem sehr jungen Mann. Schrill. Aber nie fühlte er den Zwang, seine Kehle zu sabotieren, seine Stimmbänder durch Gurgeln mit Abflussreiniger oder Ähnlichem zu ruinieren. Er hätte sich eine angenehmere stimmliche Rauheit herbeirauchen können, das wäre ganz einfach gewesen. Tatsache war aber, dass er einfach keine Lust hatte. Es war nie das, was man einen inneren *Befehl* hätte nennen können. Er spricht einfach so wenig, wie die jeweilige Situation zulässt. Es ist ihm klar, dass er Leuten, die ihn *nicht* für friedfertig und geduldig halten, humorlos und verdächtig reserviert vorkommt, aber er hat sich nie die Mühe gemacht, in die eine oder andere Richtung Einfluss zu nehmen.

Die Finger waren ein ganz anderes Kaliber. Die waren sehr wohl ein innerer Befehl. Das Gegenteil eines Phantomglieds, etwas, das nicht da sein soll, aber da ist – man schaut hin und erschrickt. Dass diese Finger da waren, verstörte ihn jedes Mal aufs Neue.

Er war damals erst – wie alt? Noch keine zwanzig. Irgendwie ist er stolz auf diesen Jungen, der so vernünftig vorging, dem klar war, dass man diese Angelegenheit nicht übers Knie brechen konnte. *Lieber dreimal gemessen als einmal zu wenig*. Dreißig Tage gab er sich, um eventuell einen Rückzieher zu machen, dreißig Tage, die er im Kalender ausstrich, einem Apothekenkalender von 1967, erst unter einem Bild aus dem Daintree-Regenwald, dann, ab dem dreiundzwanzigsten Tag, unter der Great Ocean Road: Oktober, November. In dieser letzten Woche liefen die roten Kreuze in weißen Kästchen unter einem Bild von Kalkstein-Brandungspfeilern entlang.

Als der Tag gekommen war, ging er ganz methodisch vor. Morgens bot er an, den Windbruch auf Nans und Pops siebzig Morgen Land aufzuräumen und zu zerkleinern, bevor die Buschbrände anfingen.

Du bist ein Schatz, sagte Mim und machte ihm ein Lunchpaket.

Erst den rechten, dann den linken, hatte er am Abend vorher beschlossen. War das logisch? Er war Rechtshänder und hatte sich überlegt, dass er bei der zweiten Hand womöglich zittriger wäre, dass er außerdem mit dem Schock zu kämpfen hätte. Eine unsichere Rechte wäre bestimmt verlässlicher als eine unsichere Linke. Natürlich konnte er nicht wissen, ob es wirklich so war, aber er wollte kein Risiko eingehen: Er durfte nichts verpfuschen, wollte die verhassten Dinger nicht einfach nur verwunden; er wollte sie loshaben, beide. Erst den einen, dann den anderen, erst rechts, dann links. So einfach. Seine Lunchbox war mit Eiswürfeln gefüllt, und er hatte einen Flachmann mit Rum, außerdem hatte er von einem Bund Spargel die Gummibänder abgezogen und eingesteckt. *Asparagus, Spatzengras*, dachte er, während er darauf wartete, dass der abgeschnürte Finger violett anlief, und sich fragte, ob das witzig sein sollte.

Das Geräusch kam unerwartet unblutig, die Axtklinge schlug sauber durch Knochen und Sehne und drang ins Holz des Hackstocks darunter. Er hatte befürchtet, womöglich ohnmächtig zu werden, aber nein. Er tauchte einfach seine Hand in die bereitstehende Lunchbox, in der jetzt halb Eis und halb Wasser war. Der Ex-Zeigefinger rollte vom Hackstock und lag mutterseelenallein auf der Erde, und Les schob mit dem Fuß welke Blätter darüber, damit er ihn nicht da liegen sehen musste.

Eine Ruhe ergriff und umfing ihn, unmittelbar und körperlich. *Es war das Richtige, also war es doch das Richtige.* Vielleicht war es auch nur der Schock. Was immer es war, es tat wohl.

Mit der Linken zündete er sich eine der vorab gedrehten Zigaretten an, und es war das letzte Mal, dass er eine Kippe auf diese Weise hielt, was ihm schon längst nicht mehr selbstverständlich war: Seit Langem benutzte er die anstößigen Finger so selten wie möglich und hatte sich angewöhnt, wenn er sich unbeobachtet fühlte, eine Zigarette – und jeden Stift und beim Essen das Besteck – zwischen Daumen und Mittelfinger zu halten, mit dem Ringfinger als Stütze. Aber die Idee eines *letzten Mals* schien ihm wichtig (zu dem Zeitpunkt war ihm selber schon klar, dass er ein Mann der kleinen Rituale war), und daher rauchte er ein paar Züge nach der alten Methode, während er zusah, wie der linke Zeigefinger unter der improvisierten Aderpresse kalt und bläulich wurde. Dann klemmte er die Kippe in den Mundwinkel und legte die linke Hand seesterngleich auf den Baumstumpf.

Les zog die Rechte aus dem Eiswasser, und als er mit Daumen und verbleibenden Fingern den Stiel der Axt packte, wurde er sich der ungewohnten Kräfteverteilung bewusst; er spürte die erweiterte Spanne der greifenden Finger und die Kompensationsarbeit, die das Handgelenk leistete. Sehr schön.

Du hast alle Zeit der Welt, sagte er sich, um sich innerlich zu wappnen; in Wahrheit aber empfand er eine gewisse Dringlichkeit und hatte keineswegs das Gefühl unbegrenzter Zeit. Das hatte nichts mit einer – sich unterstellten, auch gefürchteten – Zimperlichkeit zu tun, sondern mit der nicht von der Hand zu weisenden Möglichkeit, dass ihn jemand hier draußen überraschte, sei es zufällig oder absichtlich, und dann natürlich versuchte, ihn aufzuhalten.

Es kam niemand.

Als alles erledigt war, schleuderte er die beiden Dinger von sich und achtete darauf, dass sie tief im Unterholz landeten, damit ihn niemand zurückschicken und zwingen konnte, nach ihnen zu suchen und sie sich wieder annähen zu lassen. Ein warmes Nieseln hatte eingesetzt, aus dem rasch ein recht starker Regen wurde, was ihm vorkam wie ein weiterer Beweis für die Richtigkeit seiner Entscheidung – wer würde denn von ihm erwarten, dass er bei Unwetter Brennholz machte? –, weshalb er bei strömendem Regen die zwanzig Kilometer zum St. John of God Hospital fuhr und sich fühlte, als sei er ein ungestraft davongekommener Räuber. Zweifellos wehte an diesem Tag ein guter Wind, hätte er seinem Kollegen im Weinberg von Swan Valley Jahre später sagen können, hätte er nicht bis dahin gelernt, seine Geschichten im Zaum zu halten, auf der dunklen Seite seiner Zähne.

Es zeigt sich das erste Licht am Himmel, das Nachtschwarz wird dämmrig. Dämmer ist keine Farbe, denkt Les, aber es sollte eine sein, wenigstens als Schattierung. Dämmerblau, dämmerrosa. Man wüsste sofort, was gemeint ist. Hat irgendwie was Fischiges. Das empfindet nicht nur er so. Die Sonne geht unter und auf, und die Farben am Himmel haben immer was von einem Fisch – zumindest gewisse Anklänge an Fisch. Lachs, ist klar. Aber auch Goldmakrele von unten: diese Farbverläufe von Blau zu Grün zu Gelb. Er fühlt sich, als würde er darin untergehen. In dem ganzen Licht, das sich ins neue Jahr ergießt, und der ermessenen Distanz zwischen seinen eigenen Anschauungen und denen anderer Leute.

Er faltet Jacks Hemd entlang der alten Knicke zusammen und legt es in die Kiste zurück, auf die dazugehörige Hose. Alles andere liegt noch auf dem Teppich aus, in genau der Reihenfolge, in der es exhumiert wurde. Ablagerungen aus Kriegszeiten. Er räumt nacheinander alles ein, wie es war; einen Schildpattkamm behält er kurz in der Hand und fährt mit dem Daumen über die Zinken, um das Schnurren zu hören. Als zuletzt die misslungenen Fotos wieder eingepackt sind, klappt er über allem den Deckel zu. Nur die Kassette hat er nicht zurückgelegt; sie steckt in der Gesäßtasche seiner Jeans und strahlt eine seltsame Hitze aus.

Kein Pass. Besonders weit wird Jack vorerst nicht kommen.

Als er die gekieste Zufahrt entlang knirschend zu seinem Truck geht, hört er wieder die Kaninchenjäger; ein paar Schüsse mehrmals hintereinander in gewisser Entfernung, dann, wie zur Antwort, mehrere Schüsse in der Nähe. Dazwischengespannt wie dünner Draht das Aufheulen von Geländemotorrädern. Les hält auf halbem Weg inne und lauscht, die Kassette in seiner Hosentasche fühlt sich an wie ein zu dickes Bündel Geldscheine. Er macht kehrt und geht rund ums Haus bis zum unteren Zaun, wo sich manchmal Not leidende Wesen – alte Füchse, lahme Krähen, eine verwilderte, krebskranke Katze – aus dem Gras heranschleichen, um sich die kleinen Gaben zu holen, die er ihnen gelegentlich hinlegt.

Auf dem Hügelkamm sieht er sie: zwei Motorräder, die andauernd hin und her fahren. Pro Fahrer ein Schütze, auf dem Soziussitz, aufs Geratewohl ins hohe Gras feuernd. Oder nein, nicht aufs Geratewohl. Hin und wieder sieht Les, wie eine Hand dem Fahrer auf Schulter oder Schenkel tippt, damit er langsamer wird. Auf irgendwas haben sie's abgesehen, aber Les erkennt nicht, was es sein könnte. Dann sieht er doch etwas, glaubt es jedenfalls; er erkennt die Flucht am verräterischen Wogen der samentragenden Gräser.

Hinter wem seid ihr her, Arschgesichter?

Er denkt an die verwilderte Katze, ihr tumorentstelltes graues Gesicht. An ihren nassen Atem und das schreckliche Klicken, wenn sie frisst und er nah genug ist, um es zu hören. Er hat sich vorgenommen, sie zu erschießen: Wenn er meint, dass es Zeit ist. Einstweilen war das Tier entschlossen zu leben, das sah man, und er fühlte sich nicht befugt, das Gegenteil zu behaupten.

Noch nicht; und jedenfalls nicht so. Auch wenn er schon die ganze Zeit darauf gefasst ist, sie eines Tages erschossen zu finden, seine Katze. An jemandes Stacheldrahtzaun gehängt, wie man es mit Füchsen und Ähnlichem macht, Trophäe und Warnung zugleich.

Er steht da, die Hände um den straff gespannten oberen Draht seines Zauns gelegt, und die Jungen sehen ihn so. Der eine Sozius hebt seine Flinte zu einer Art Salut, der andere senkt sie, als legte er an; ein Bluff. Oder ist das ein Gruß, in ihrer Welt? Les bezweifelt es.

Er ruft die Schützen beim Namen – Angus Ferran, Jimmy Knox –, legt die Hände um den Mund und schreit zum Kamm hinauf. Und auch bei ihm ist es Bluff; er ist keine reale Bedrohung für sie. So oder so lassen sie aber offenbar davon ab – entweder sie haben keine Lust mehr oder keine Munition. Sie legen einen bodenpflügenden Abgang hin – eine Brutalität, die ihnen womöglich nicht eingefallen wäre, hätte er nicht ihre Namen gerufen. Les sieht sie Gas geben und mehrmals an seinem Zaun entlang auf und ab rasen, nah genug, dass er die Gesichter im offenen Helmvisier sehen kann – Aiden MacCallister ist der eine; den anderen kennt er nicht, vielleicht ein Verwandter aus der Stadt.

Gleich wird er losgehen und schauen, durch das Meer der Halme waten, systematisch das Gras durchkämmen und nach dem Wesen suchen, das sie womöglich schwer verletzt oder umgebracht haben. Seine Katze. Nein, nicht *seine*, streng genommen, aber irgendwie schon. Er fühlt sich mit ihr verbunden. Sobald es ein bisschen heller ist, geht er los.

Auf einmal aber spürt er sein Blut aufwallen wie ein

Meer bei Springflut und weiß nicht, von welcher Kraft getrieben, aber sie wirft ihn aus seiner Bahn. Und zwingt ihn, sich umzudrehen und zu schauen; und er sieht den dunklen Umriss von etwas Keuchendem, unter dem Beifuß. Und dann keucht es nicht mehr, sondern ist nur noch da und rührt sich nicht. Etwas Katzenartiges, erkennt er, als er näher kommt, aber es ist nicht sein todgeweihter Kater mit den bösartigen Rosen, die seine Schnauze überwuchern. Und es ist auch nicht – kann es logischerweise nicht sein – der Panther seines Bruders, das gefangene Maskottchen, das Jack als Bild mit heimgebracht hat, zwanzigjährig und grinsend wie ein Idiot über die frische Tinte unter einer Schicht Vaseline mit Einblutungen. Auch diese Katze ist es nicht.

Diese hier ist nicht größer als ein Pinscher, ausgewachsen, aber irgendwie verzwergt und deformiert, Ergebnis von Inzucht oder Kreuzung, die irgendwann schiefgegangen ist, vielleicht der letzte Abkömmling einer rachitischen Linie. Wunderbar und mitleiderregend zugleich, dieses Tier hier, einer ganz falschen Landschaft eingepflanzt, schütteres Fell über misslungenem Skelett.

Als ihre Flanke endlich einsinkt und sich nicht mehr hebt – als er sicher ist, dass sie sich nie mehr heben wird –, wagt er eine Hand auszustrecken und ihr darüberzustreichen. Er spürt die Schroteinschüsse, frische und alte, wie Hageleinschläge im Fleisch unter dem Fell. Dunkler Pelz mit alten Katzennarben, alten Katzengeschichten. Eine Versammlung von Rinderzecken ist noch nicht aus der exotischen Ansiedlung um ihre Ohren ausgezogen, aber lang wird es nicht mehr dauern.

Die Geheimnisse, die sie hergeführt haben, lässt sie

hier zurück, unter den halb verdorrten Armen des Beifußgestrüpps. *Sie*, denkt er, als verstünde es sich von selbst, doch er sieht nicht nach, ob es stimmt. Genauso die Augen – er wüsste gern, ob sie golden sind, leuchtendes, öliges Gold? Oder mattes, oxidiertes Grün? Aber die Lider sind geschlossen, und er hat nicht die Absicht, dem Geschöpf seine Neugier aufzudrängen.

Er lässt sie kurz liegen und kommt mit einer knisternden Plane aus schlammfarbenem Plastik zurück. Die Kante am Rückgrat angelegt, schiebt er die Plane zwischen Gras und blutiges Fell. Ihr Maul ist zu einem rosaschwarz gesprenkelten Fletschen erstarrt; gebleckte Zähne im Tod. Die, sieht Les, sind von dem gleichen gräulichen Gelb wie die Horngriffe an altem Besteck. Er hebt sie mit den Vorderpfoten an (kein Erzittern des Fletschens, und die Augen bleiben fest geschlossen) und dreht sie zu sich auf die Plane, sodass ihre verletzte Seite sichtbar wird; was für eine Verletzung das ist, sieht er jetzt. Es sind keine versprengten Schrotkugeln, die eine Plage, aber keine Katastrophe sind. Vielmehr ragen ihr zwei Metallbolzen aus Schulter und Kehle. Die Armbrust hat er nicht gesehen, nur die Flinten. Es widerstrebt ihm, die Bolzen stecken zu lassen – dass ein Leichnam mitsamt dem, was ihn umgebracht hat, unter die Erde soll, erscheint ihm irgendwie falsch –, aber sie lassen sich nicht so leicht herausziehen, wie er gehofft hat, überdies muss er feststellen, dass es ihm allein beim Gedanken daran den Magen umdreht, so früh am Tag. Er deckt das Pantherwesen mit der restlichen Plane zu und zieht es – sie – durch den Garten, außer Reichweite der beginnenden Hitze. Wer ihn jetzt sieht – und die Leute werden ja allmählich aufwachen und mit Kopfweh und gläsernem Blick auf die Überreste der letzten Nacht starren, die klebrigen Tische voller Plastikbecher, die auf zu schmale Sofas gequetschten Verwandten und sonstigen Übernachtungsgäste –, wer ihn jetzt sieht, wird denken, dass er nur ein paar Scheite Brennholz hinter sich herzieht oder Motorteile oder ein zerlegtes Bike, in den Schatten unterhalb der Veranda. Er beschwert die Kanten der Plane mit alten Zaunlatten und losen Pflastersteinen; eine Barrikade, um seine neugierigen Besucher fernzuhalten, die Krähen, seinen Kater.

Abends, wenn es dunkel ist, wird er sie begraben, obwohl Jacks Töchter ihn hassen würden, wenn sie es wüssten, sich hintergangen fühlen müssten – wie womöglich auch Jack. Wegen Belle.

Tut mir leid, sagt er laut und weiß nicht, zu wem. Ein alter Tick, immer gleich *sorry, sorry*, noch bevor er weiß, wofür er sich überhaupt entschuldigt.

In der Fahrerkabine des Trucks riecht es brackig, nach abgestandenem Salzwasser – oder er riecht selber so, übernächtig und ungewaschen, und ist sich auf den Leim gegangen. Seine Hände sind immerhin gewaschen und frei von Pantherschmutz. Und er fühlt sich eigentlich recht wach, über Wasser gehalten von einem Floß aus sonderbaren Materialien und einer flüchtigen Energie, die in seiner Brust pocht. Er kurbelt das Fenster herunter, doch der Atem, den der frühe Morgen noch hatte, ist verbraucht, der Tag schon stickig und still wie unter einer Glaskuppel. Er zieht die Kassette hervor, erinnert sich an das Letzte, was das Tapedeck gefressen und als Bandsalat wieder ausgespuckt hat: *Down in the Groove.* Im Grunde ja sogar zu Recht.

Würde ein größerer Mann es sich anhören oder nicht?

Am Anfang meint er, gar nichts zu hören. Er hat die A-Seite eingelegt und auf *Play* gedrückt, minutenlang gewartet, nichts gehört. Dann, nahe der Fünf-Minuten-Markierung, piepst ein Vogel. Auf der Kassette oder *in der Realität*, in den Bäumen außerhalb seines Trucks? Les spult ein Stück zurück und lauscht, und da ist der Laut noch einmal, ein Vogel oder Ähnliches. Minuten später kommen Stimmen, aber zu leise oder zu weit weg, als dass man auch nur verstehen könnte, in welcher Sprache sie überhaupt sprechen. Andere Geräusche, unregelmäßig, nicht identifizierbar. Und kurz vor Schluss räuspert sich ein Mann – war er die ganze Zeit da? Hat sich lautlos herbeigeschlichen? Jemand räuspert sich, wie um zu sprechen. Dann nichts mehr. Oder fast nichts: nur noch das Geräusch, mit dem die Aufnahme gestoppt wird. Das Geräusch eines geänderten Entschlusses. Das Geräusch des Nichts-zu-sagen-Habens.

Er dreht die Kassette um und hört sich die B-Seite an, auf der nur Bandrauschen ist, sonst nichts; Les hört es sich vorsichtshalber trotzdem bis zum Ende an. Sitzt da und blickt auf die Straße hinaus, auf der ab und zu ein Wagen vorbeifährt. Fremde Gesichter spähen aus fremden Autos zu ihm herüber, ihre Radioantennen recken sich nach Gott und anderen Kriegen.

(WIE ES KLANG)

Ozeanisch, ein großes dunkles Anschwellen, ohne Ursprung.

Manchmal, ja, wie gewaltige Schwingen. Wie ein schreckliches gefiedertes gottähnliches Wesen, das direkt vor unserem Gesicht mit den Flügeln schlägt.

Wie eiserne Räder, knirschend auf einer Straße aus Lehm.

Eine tickende Uhr unter weicher Baumwolle; was ein verwaistes Jungtier für einen Herzschlag halten könnte, von dem es sich vielleicht beschwichtigen ließe.

Ein dichter Schwarm Vögel, die alle gleichzeitig auffliegen – wie eine ausgeschüttelte Decke – und sich gleich wieder niederlassen, wo sie waren. Nur das nachbebende Laub und das Flirren des Sonnenlichts zeugen noch von ihrem Aufstieben.

Das Reißen von Stoff. Ein altes Seidenjäckchen, das entlang der Naht zerrissen wird.

Zupfen an einem schlaffen Draht. Ein tief-leises elektrisches Brummen.

Große Maschinen, die abkühlen, geckoartig tickend.

Nebeltriefende Bäume, verdampfender Schweiß.

Und manchmal wie eine Stimme. Eine leise, sanfte Stimme, die uns in keiner erkennbaren Sprache von einem Zimmer ins andere ruft.

6.

FEUERSCHUTZ

Der Februar des Fast-Feuers, mit deiner Mutter allein im Haus. Immer schneller rinnt der Sommer davon, sogar der Golfkrieg geht dem Ende zu. *Wir kehren jetzt zurück zu eurem regulär geplanten …* Aber der Feuerschutzplan war löchrig geworden – es fehlten Lani, Dad, Belle. Und alle erst seit so kurzer Zeit, dass man noch gar nicht dran gedacht hat, einen neuen Plan zu machen. Du hattest noch den alten sauber in einem Schulheft stehen:

Tor aufmachen für Belle. Sie wird folgen, weil sie ein liebendes, treues Tier ist …

Dann eine Checkliste, zweispaltig, zweifarbig: deine Aufgaben, die deiner Schwester. Als dann die Zeit der Buschfeuer kam, wart nur noch ihr da, du und Mum und eine Kiste mit den Kaninchen. Und als ihr zu Norm Hornetts verschlammtem Reservoir kamt, war Onkel Tetch nicht da. Er war schon wieder unterwegs, kümmerte sich um Großmutter Mim, die allmählich komisch wurde.

Das Feuer war nah, so nah, dass man es sehen konnte, kam einem aber nicht ganz so grimmig vor. Mum hatte eine Decke mitgebracht, die sie zusammengerollt unter dem Arm trug, falls der Wind plötzlich drehte und ihr ins schleimige Wasser waten müsstet, die Hasen in den Armen und über dem Kopf die nasse rote Wolle als Flammenabwehr. Aber das Feuer wechselte nicht die Richtung, drohte nicht mal damit, und Mum breitete die Decke stattdessen zum Sitzen aus. So wurde eine Art Picknick daraus, ihr beide auf der Staumauer, mit einer Tüte Obst und einem Transistorradio, Apfelbissen mit den Kaninchen teilend, die nicht besonders verängstigt wirkten. Sie wuselten umeinander, knabberten hin und wieder an den Ecken der Kiste und begannen alsbald deren Haltbarkeit zu testen. Vielleicht waren sie auch nicht schlau genug für Panik, obwohl doch auch sie die rauchige Luft atmeten. Oder sie wussten es besser als du, denn die Brände wüteten diesmal tatsächlich nicht so schlimm wie sonst; die Leute verloren nur ein paar Schuppen und Zaunpfosten und die ein oder andere Großvaterbank unterm Baum.

Mum ließ sich seufzend auf die Decke fallen und streifte ihre staubigen Segeltuchsandalen ab. Sie trug ein hellblaues Baumwollkleid, das zu einer sehr alten Frau gepasst hätte – oder zu einem sehr jungen Mädchen –, und von der Spitze ihrer Strumpfhose arbeitete sich eine Laufmasche aufwärts. Sie trug dieses Kleid seit dem Morgen, aber wann war sie auf die Idee gekommen, eine Strumpfhose anzuziehen? Du hattest kurz Sorge, es könnte ein Zeichen von Wahnsinn sein, sich für ein Buschfeuer fein zu machen.

Auf einen Ellenbogen gestützt, sah sie dich an. Irgendwie friedlich, oder, Possum? Warum machen wir so was nicht öfter, wir zwei? Nur ohne brennende Bäume, fügte sie mit einem Blick über die Schulter zu dem aufsteigenden Rauch hinzu.

Aus der Tiefe ihrer Kehle drang ein kleiner Ton, der wie ein unterdrücktes Wimmern klang. Im nächsten Moment brach sie in ein Gelächter aus, das so maßlos, so krampfig war, dass du dachtest, du müsstest losrennen und Hilfe holen. Mit tränenden Augen und wild zuckenden Schultern japste sie flach und animalisch nach Luft, sobald ihr der Lachkrampf Zeit dazu ließ, während du nur hilflos zuschauen konntest. Als stündest du am Ufer und sähst weit draußen im Meer jemanden ertrinken. Woher kam das nur? Vielleicht kriegte ihr Hirn wegen der rauchgeschwängerten Luft nicht genügend Sauerstoff? Du hast ihr eine Hand aufs Knie gelegt, um dich ihr in Erinnerung zu bringen, und das Beben in ihrem Bein gespürt. Das Gelächter ging noch eine Zeit lang weiter und lief schließlich in letzten vereinzelten Hustern aus. Dann räusperte sie sich.

Wirklich, sagte sie, während sie langsam ruhiger wurde und sich unsichtbare Fusseln vom Kleid strich. Ich mein's ernst, wir sollten so was öfter machen. Und das tun wir auch, scheiß auf die zwei anderen. Ich finde, wir haben uns ein bisschen Spaß verdient.

Dazu kam es natürlich nie – weil es nie einen Anlass dafür gab –, dennoch habt ihr noch ein, zwei Stunden dort gesessen, das Feuer beobachtet und auf die Entwarnung gewartet. Und zugesehen, wie die Sonne die Farbe von rot glühendem Glas annahm, während sie hinter wabernden Rauchschleiern dem Land entgegensank.

Es gibt doch nichts Schöneres als einen Sonnenuntergang bei Buschfeuer, sagte Mum; irgendwie gemein, oder? Dann rollte sie die Decke zusammen, wie sie war, mitsamt Grassamen und Sonstigem, und ihr trugt die Kaninchen über die Wiesen zurück in die seltsame Stille des Hauses, wo immer noch Lanis Badesachen zerknüllt im

Waschtrog lagen und nach Chlor stanken, in letzter Zeit auch schon nach Schimmel.

Wochenlang hatte deine Mutter dieses Badezeug gemieden wie der Teufel das Weihwasser, hatte es, wenn sie etwas von Hand waschen wollte, mit einem spitzen Finger zur Seite geschoben und danach wieder zurück an den ursprünglichen Platz. Und auch du solltest es auf keinen Fall anrühren – deine Schwester, sagte sie, kann ihren Saustall selber beseitigen, wenn sie zurückgekrochen kommt. Irgendwann hast du's nicht mehr ausgehalten. Das Badezeug war inzwischen zu einem starren Klumpen getrocknet, praktisch mumifiziert. Du hast es in eine Plastiktüte gestopft, in der Küche im Abfalleimer versenkt und zur Tarnung Essensreste daraufgekippt. Mum erwähnte es mit keinem Wort.

Ein ganzes Highschool-Jahr lang hast du die Sachen deiner Schwester getragen, Zurückgelassenes, das du aus ihrer Kommode gemopst hast. Zerrissene Secondhand-Seide über Tencel-Denim. Männerhemden. Schweren Silberschmuck, schwarz angelaufen. Argwöhnisch beäugt von deiner Mutter, wann immer sie dich irgendwo rumsitzen sah, ein einziges rußiges Klimpern und Glitzern.

Du siehst aus wie jemand, den keiner lieb hat, Ru.

Eine Zeit lang rochen die Sachen noch nach Lanis Schweiß und ihren Zigaretten und dem Aftershave, das sie jemandes Bruder geklaut hatte. *Cool Water*. Du hast dir den Stoff vor die Nase gehalten und geschnüffelt und extra nie irgendwas darübergeduftet, aber irgendwann verflog der Geruch dann doch. Dann erwähnte ein amerikanischer Rapper es in einem Song, und bald trug es jeder. Noch Jahre später musstest du beim Anblick von Jungs, die in offenen Ladentüren lehnten oder im Pulk am Bahnhof herumlungerten, an deine abgehauene Schwester denken, und die so vertraute Kombination von Zigarettenrauch und Aftershave brachte dein Herz zum Zittern.

Einmal erwischte dich deine Mutter, als du eine neue Flasche von dem Zeug auspacken wolltest; das Zellophan war schon ab.

Woher hast du das Geld dafür?

Das haben sie in der Drogerie verkauft. Deine Stimme blieb fest.

Das ist keine Antwort auf meine Frage, sagte sie langsam, und als aus dir nicht mehr herauszubringen war, schwebte auf einmal ihre erhobene Hand am Rand deines Gesichtsfelds, bebend wie ein zum Sturzflug ansetzender Turmfalke.

Du, schon größer als sie, hieltest ihrem Blick stand, bis sie ihn abwenden musste. Nur zu, sagtest du herausfordernd.

Sie kniff die Lippen zusammen. Aber sie ließ die Hand sinken.

Ruby, Schatz. Du bist ein liebes Mädchen. Du bist loyal. Du bist das letzte Gute, das mir geblieben ist. Enttäusch mich nicht, ja?

Und auf einmal war dir klar, dass *loyal* eine Art Schlinge war, die sich tief ins Fleisch schnürt wie eine Drahtfessel um den Knöchel. Du hast kapituliert und ihr das Aftershave gegeben, damit sie es zurückbringen konnte.

Bei späteren Auseinandersetzungen hob sich ihre Hand nicht mehr gegen dich, sondern zu ihrem eigenen

Kopf und riss mit solcher Brutalität an ihren Haaren, als gehörten sie nicht zu ihr.

Siehst du, was du mir antust, Mädchen? Jetzt siehst du's.

Du sahst es.

Und? Zufrieden?

Du dachtest, du hättest lieber die zuschlagende Hand gefangen.

Los, schlag mich doch.

Los, geh doch.

Sind alle Familienvorlagen so austauschbar?

Die erste Frau, in die du dich verliebst, sagt: Ich will alles von dir wissen. Sie sagt: Zeig mir, wie, und befeuchtet ihre Finger in deinem Mund. Die erste Frau, in die du dich verliebst, liest dir Gedichte vor wie eine Einladung in eine Kiste, die sie gezimmert und weich mit ihrer Stimme gepolstert hat, in ein Bett, das sie mit ihrem Körper gewärmt hat. Mit schmeichelnden Katzenpfoten entlockt sie dir deine Kindheit in Fragmenten und Erinnerungsblitzen. Nie ganze Geschichten, aber immer wahrheitsgemäß. In Bruchstücken, deren scharfe Kanten du im Erzählen abzufeilen versuchst, damit sie zuhören kann, ohne zu erschrecken, ohne sagen zu müssen: O mein Liebes! Die Geräusche jenseits der Wand, aber ohne das Blut im Waschbecken. Nur Miniaturen, fast winzig genug, um ungesagt zu bleiben. Winzig genug, um unter der Zunge versteckt und geschluckt zu werden.

Erzähl mir, wie du früher warst, als Kind, sagt sie. Erzähl mir was Lustiges.

Du erzählst ihr, was in der Stadt, in der du aufgewachsen bist, als lustig galt. Dazu musste immer was zu Bruch gehen. Deine Schwester, die mit fünfzehn nur so zum Spaß in trockenen Bachbetten Autos zu Schrott fuhr, damit mal was passierte. Und dann mit einer Kerbe im Knie, die ihr der Zündschlüssel eingeritzt hatte, nach Hause hinkte.

Eine Zeit lang ist sie still, diese Frau in der warmen Dunkelheit, als hättest du sie in den Schlaf geredet. Aber sie wartet nur ab, wie es weitergeht.

Deine Schwester? Ich hab doch nach dir gefragt.

Oh. Ja, aber keine Ahnung. Wahrscheinlich war ich genauso.

Noch mehr Schweigen, dann ein kleines scharfes *Ha*, bevor sie damit herausrückt: Erst Langeweile, dann Angst. Als sei sie endlich schlau aus dir geworden und zu einer Diagnose gelangt und könnte dir jetzt etwas verschreiben, das womöglich hilft. Philip Larkin. Auch den zitiert sie gern, dieses Gedicht über die Eltern, die einen kaputtmachen, ob sie wollen oder nicht (*They fuck you up, your mum and dad …*). Aber ihre Eltern hast du schon kennengelernt, sie hat dich mitgenommen und vorgestellt; es sind großzügige, leicht skurrile Menschen mit viel Kaschmir und Steingut unter hohen Gewölbedecken. Eine Onkologin und Hobbyimkerin, die alles über das Innenleben ihrer Bienen weiß, und ein pensionierter Kartograf, der anschaulich von der Vermessung des Tigris in den Siebzigern zu erzählen versteht (*Als ich an jenem mächt'gen Flusse Tigris war …*). Du weißt, dass ihr Haus nach Büchern und Kaminfeuer riecht und die Kakifrüchte zum Nachreifen in der Küche auf dem Fensterbrett liegen.

Du sagst ihr nicht, dass du dir in diesem Haus wie eine Touristin vorkommst. Aber so ist es. Die Hände in den Hosentaschen, wie um nach dem Eintrittsgeld zu fummeln.

Als sie zu dir sagt: Erst Langeweile, dann Angst, korrigierst du sie nicht. Du sagst nicht: Nein, andersrum, erst Angst, dann Langeweile, weil, glaube ich, irgendwas in uns einfach versteinert ist. (Diese geballte Faust, die heute noch hinter deinen Rippen pocht; so viel zum Thema Wachstumsschmerzen.) Du ziehst sie an dich, streichelst die Innenseite ihres Arms, bis sie und ihre Fragen und Antworten wieder einschlafen.

Am Ende braucht es einen Standardcontainer, um alles unterzubringen. Kisten mit Geschirr und zusammengerollten Postern, Koffer, in die sie gar nicht erst hineinschaut. Dein ramponiertes altes Fahrrad. Ganze Arme voll Bettwäsche, als sei jemand im Haus an der Pest gestorben. Wieder fragst du dich, ob sie den Verstand verloren hat.

Stehst du einfach nur da rum, Ru?

Ja, du stehst einfach nur da rum. Mit einem Becher Tee in beiden Händen auf den Stufen vor dem Haus und siehst zu, wie sie alles einladen. Onkel Tetch die sperrigen Sachen, vergammelte Möbel und schachtelweise unbeschriftete Videokassetten.

Gerettet: eine Zigarrenkiste mit den Hüllen von Zikadenlarven, sorgfältig in Watte verpackt. Eine Rehmama aus Plüsch, räudig. Ein Flakon Eau de Cologne, originalverpackt in vergilbtem Zellophan. Talismane. Unbrauchbares Zeug. Du wirfst sie in eine Schuhschachtel, klebst sie zu und schreibst *Aussteuer* darauf. Ein seltsamer kleiner Scherz, den du ungeöffnet von Umzug zu Umzug mitschleppst.

Gelegentlich gibt es Notizen. Postkarten aus fremden Städten. Deine Schwester, die auf den Flughäfen der dazugehörigen Städte die Zeit totschlägt und dabei Bilder von Baudenkmälern und Naturschönheiten aussucht, die sie selber gesehen hat oder auch nicht. Manchmal hebst du den Kopf und blickst der Bahn eines Flugzeugs nach, das wie ein silbrig schimmernder Fisch am Himmel dahinzieht. So weit gereist, deine Schwester, solche Entfernungen legt sie zurück. Überquert Meridiane und Datumsgrenzen, als wären sie nicht mehr als ein Riss in altem Linoleum. Lauter Stunden, die heran- und wieder davonrollen wie Kies in der Brandung. Aber du hast ihr Gesicht nicht gesehen, seit sie sechzehn war, mit chlorstarrem Haar und noch nicht ganz verheilter Wunde an der Unterlippe.

Dann ein Ostersonntag, Jahre später, und du erst halb wach – halb erwacht von ihrem Gewicht am Fußende des Betts. Deine Schwester ist so leicht geworden, dass du zuerst denkst: Katze. Hat sich eine hereingeschlichen und ist aufs Bett gesprungen.

Du bist zweiundzwanzig, und sie ist eine ganze Nacht lang bei miserablem Wetter bis zu dir an die Küste gefahren, zu der Adresse, die sie manchmal mit kindlichen Kringeln kritzelt. Das Haus, in dem sie dich findet, enthält sieben Menschen, Geistergerüche, schadhafte Stromleitungen, wahrscheinlich Asbest. Küchenschränke voller geklautem Glasgeschirr und japanischen Fertignudeln. Wenn Züge vorbeifahren, schüttelt dieses Haus seine Fensterstöcke wie klapprige Fäuste und hustet Putzstaub aus einem Verbund von Rissen. Im verwilderten Garten finden streunende Katzenfamilien Zuflucht, und obwohl die beharrlicheren unter ihnen gelegentlich auch ins Haus ziehen, huschen nach wie vor Mäuseschwadronen hinter den Wänden hin und her. Das ist der erste Ort, den du *Zuhause* nennen kannst, ohne dass es dir den Magen zusammenzieht; allerdings soll das Haus noch im selben Jahr abgerissen werden und einem Apartmentblock weichen. Dein Zimmer hier ist groß und hell, aber ziemlich voll, der Fußboden weitgehend ausgefüllt mit Stoffballen – Leinwand und Futterseide – und kistenweise Malerfarbe und Tinte; im Erkerfenster steht ein schmales Kanapee. Zu bestimmten Zeiten des Jahres dringt das Licht unterwassergrün durch die jungen weichen Weinblätter draußen; als deine Schwester aufkreuzt, ist der Wein allerdings kahl und das Licht ungefiltert.

Durch halb geschlossene Lider nimmst du einen vagen Eindruck von ihr wahr, wie sie dort sitzt. Im Gegenlicht eines zu frühen Morgens. Sie hat eine Leinöldose unter das Schiebefenster geklemmt, damit es oben bleibt, und bläst Rauch ins dünne Winterlicht hinaus. Pechschwarzes Haar bauscht sich über ihrem Gesicht. Sie trägt noch ihre Uniform. Nein, doch nicht, siehst du später; nur ein Hemdblusenkleid, das überhaupt nicht zur Jahreszeit passt, aber verschlafen, wie du bist, verwechselst du ihre Klamotten mit der Stewardessentracht.

Trotz des offenen Fensters zieht ihr Rauch durch den Raum und dringt in deinen Halbschlaf ein, wo er zu

Brandrauch wird: aus jenem ersten Jahr, in dem ihr mit ausgebreiteter Wolldecke auf dem Damm wart. Du, zwölfjährig, die Hände ins Gras gekrallt, um diesen Sommer nicht loszulassen, die scharrenden, stoßenden Hasen in ihrer Kiste, und Mum, die sich grundlos totlacht. Die Geräusche so laut, als wären sie nebenan.

Einen kurzen Moment lang existiert Lani an beiden Orten zugleich, wie bei einer dieser Trickkarten, deren zwei Seiten in eins verschwimmen, wenn man die Karte schnell genug um die eigene Achse wirbeln lässt. Aus einem Pferd und einem Reiter werden Pferd-und-Reiter, und um den Vogel schließt sich der Käfig. Deine Schwester ist hier am Fenster, und sie ist dort auf Hornetts Damm, die Beine endlos lang ausgestreckt, dem Wasser entgegen. Aber sie sieht so aus wie jetzt; hält den heißen Becher, den ihr unten jemand in die Hand gedrückt hat, und fummelt am Knoten des seidenen Halstuchs, das zu ihrer Stewardessenuniform gehört. Der noch schlafende Teil von dir will sie packen und halten, will sie festhalten, egal wie sehr sie sich dagegen wehrt. Könntest du nur die beiden, Lani und deine Mutter, am selben Ort zusammenbringen, dann käme vielleicht …

Aber du hast sie zehn Jahre nicht gesehen. Und in deinem Kopf, hinter den Lidern lauert ein schlimmer Kater und erstickt jeden Edelmut im Keim. Warum soll sie so leicht davonkommen, warum soll sie zurück in ihr Leben spazieren dürfen, als wäre nichts passiert? Der wache Teil von dir will fragen: Wer hat dich reingelassen? Wer hat dir das gegeben?, aber zieht sich das Kissen über den Kopf, um die mögliche Antwort nicht hören zu müssen. Erinnerung an ihr Badezeug, das im Waschtrog verschimmelt.

Aber es hat keinen Zweck; sie ist immer noch zu hören, immer noch da, trotz des Puffers aus muffigen Federn und vergilbtem Kissenbezug.

Schwesterherz, sagt sie leise und rüttelt durch die Decke an deinem Fuß. Wach auf. Ich bin nicht diese ganze weite Strecke gefahren, um Tee zu trinken.

Draußen ist es sehr kalt und die Luft kristallklar, mit diesem metallisch grellen Licht, das häufig auf eine Unwetternacht folgt. Auf dem Weg durch den Park schmeckst du wieder die Party vom Vorabend. Litschi-Wodka. Nie wieder. Die alten Eukalyptusbäume haben ihre knorrigen Äste kreuz und quer auf die Wiese geworfen, und der Bereich ist abgesperrt wie der Schauplatz eines Verbrechens. Kein Mensch ist zu sehen.

Apokalyptisch, sagt Lani, während der Wind an ihrem Haar zerrt, als wollte er sie daran hochreißen.

Stimmt. Und, welcher Reiter bist du?

Ihr Auto ist unschön; ein graues, froschartiges Ding, das fast so alt sein muss wie sie, der Innenraum ein Chaos aus leeren Fast-Food-Behältern, zerknüllten Klamotten, Taschenbuchkrimis. Minituben mit Zahnpasta, Minifläschchen Gin, wie Fluglinien sie gern verteilen. Ein Bataillon halb leerer Kaffeebecher, bauchkrampfverursachendes Zeug von den Raststätten entlang dem Hume, der milchige Bodensatz trotz der Kälte ausgeflockt.

Pestilenz, natürlich, sagt sie. Blickt in einen Kaffeebecher und rümpft ihre spitze Nase.

Ich hätte gedacht, du fährst was anderes. Schnittiger, sagst du, während du eingepackt in eine silbern schimmernde wattierte Jacke an der Bordsteinkante stehst. Wieso bist du nicht geflogen? Lassen sie dich nicht umsonst fliegen?

Steht mir bis hier, das Fliegen, sagt sie und fegt Gerümpel vom Beifahrersitz. Steig ein. Keine Sorge, es fährt. Wie viele Wetterballone haben für diese Jacke dran glauben müssen, Ru?

Haha. Du knallst die Tür zu.

Mit dem Motor springt das Radio an. *Talkback*, eine Comedy-Quizsendung mit einem Politiker als Gast. Sie dreht ab. Es herrscht ein seltsamer Geruch, fremd und vertraut zugleich; er steht fettig und süßlich hinter den verrauchten Kleidungsstücken und dem Waldaroma unsichtbarer Duftbäumchen.

Lani mäandriert entlang der Küstenstraße von Port Phillip Bay. Jachtklub, Surfklub, Bowling Green. Hast du Hunger?, fragt sie. Wir können irgendwo anhalten, wenn du magst.

Nein, fahren wir einfach direkt dorthin, wo du hinwillst. Wohin eigentlich?

Ich hatte gar nichts Spezielles im Sinn. Nur die Fahrt.

Wir fahren nirgendwohin? Du drehst dich auf dem Sitz herum, schnuppernd, um den Geruch zu identifizieren.

Was ist?

Nichts.

Wenn du Hunger hast, hab ich ein paar Snacks im Handschuhfach. Sie nimmt eine Hand vom Steuer, lässt das Fach aufspringen, und zum Vorschein kommt ein Müsliriegelfriedhof, leere Packungen zwischen Straßenkarten, defekten Sonnenbrillen, Broschüren von Weinkellereien. Und ein Geheimvorrat zollfreier amerikanischer Schokolade und europäischer Zigaretten.

Oh, stimmt. Das ist für – Frohe Ostern!

Die Schokolade oder die Kippen?

Was immer du magst.

Willst du mich bestechen? Ich bin nicht mehr fünf. Und sie lacht, obwohl du es nicht als Witz gemeint hast, und dabei zeigt sie ihre korrigierten Schneidezähne, die kaum noch sichtbare Narbe an der Unterlippe.

Jedenfalls gehört es genau andersherum, sagst du und reißt die Zellophanhülle von einem Zigarettenpäckchen. Die Zigaretten aus Amerika und die Schokolade aus Europa. Weiß jeder.

Sie dreht die Heizung auf, und du kurbelst das Fenster herunter, sodass der Geruch der erwachenden, noch regennassen Vorstadtstraßen hereindringt; feuchte Luft, durchsetzt mit Abgas und Seetang, trocknendem Asphalt, vietnamesischem Gebäck. Auf einmal hast du das Bedürfnis – zum ersten Mal seit Jahren! – zu spüren, wie dieses zuckrige Brot sich weich an deine Zähne klebt. Ein spontanes Picknick fällt dir ein, improvisiert, um den schlimmsten Verkehr abzuwarten; euer Vater frisch aus der Klinik entlassen und Mum am Steuer seines alten Fords. Warmer Pie und pastellfarbene Meringen auf einer Parkbank, und du beobachtest angriffslustige Schwäne, die eigenwillige Kleinkinder anfauchen. Beobachtest deinen Vater und siehst die weiße Papiertüte in seinen großen Händen zittern, siehst die Gebäckkrümel in seinem Schnurrbart, den er sich hat wachsen lassen. Unterwegs dämmert er auf dem Beifahrersitz vor sich hin – ein Vorgeschmack davon, wie er als alter Mann sein könnte, wenn er ruhiger geworden ist, zu erschöpft für Wutanfälle. Hat sie *darauf* gewartet, deine Mutter? Und soll man das Langmut nennen oder völlige Idiotie, oder lässt Liebe genug Raum für beides?

Lani summt ein Lied, das du nicht erkennst, und draußen huschen die Apartmenthäuser entlang der Küste vorüber. Weiß verputzt, rosa verputzt, alle Rollläden dem Panoramablick geöffnet, ein Schaufensterwohnen. In einer dritten Etage hängt ein cremefarbener Leinenanzug im Fenster und wartet darauf, dass ihn jemand ausfüllt. Pferderenntag. Lani fragt nach der Kunst, und du gibst ihr Auskunft. Sie fragt nach Männern, und du korrigierst sie.

Das hab ich gewusst, sagt sie und gibt Gas, um die Ampel noch bei Gelb zu schaffen. Beim Fahren geht das Reden viel leichter, findest du nicht?

Auf dem Rücksitz liegt ihr leise gestelltes Telefon und brummt und vibriert beharrlich, aber sie streckt nicht die Hand danach aus. Du würdest gern fragen, wer der Anrufer ist, wie sie jetzt lebt und mit wem; was für Freunde sie hat, auf was für Partys sie geht. Was sie die ganze Zeit so getrieben hat. Was sie antwortet, wenn sie gefragt wird, wo sie herkommt. Ob sie glücklich ist: selten/manchmal/oft? Aber dein Mund weigert sich, diese Fragen zu stellen. Aus Stolz und noch etwas anderem. Loyalität.

Seit ein paar Monaten hab ich einen Hund, sagt sie, jetzt im Plauderton, die Leere füllend. Ich weiß nicht, es ist vielleicht egoistisch, nachdem ich öfter weg bin als zu Hause. Eine Freundin ist schwanger geworden, und der arme Bruno musste weg. Aber die Nachbarn lieben ihn ausnahmslos. Ich hab mir überlegt, ihn hierher mitzunehmen, aber genauso gut könnte man einen Büffel ins Auto laden. Das hab ich sogar tatsächlich mal gesehen – einen Büffel auf dem Rücksitz eines Motorrads. Aufgeputzt wie ein Pfingstochse, verrückt. Das war, glaube ich, in Laos.

Lani?

Hm?

Weiß Mum, dass du hier bist?

Lani nimmt eine Hand vom Steuer und lässt das Handgelenk kreisen. Gähnt. Eine Hinhaltetechnik, an die du dich aus Kindertagen erinnerst. Du nimmst es als Antwort, und in dem folgenden, langen Schweigen machst du eine Bestandsaufnahme des Handschuhfachs und beschäftigst deine Hände, indem du Urlaubsprospekte dreidimensional faltest – Schwan, Lotusblüte, Pfau. Ein bescheidenes Repertoire an Serviettenorigami, das du dir in deiner Zeit als Kellnerin in einem vorstädtischen Thai-Restaurant zugelegt hast. Deine Schwester beachtet die Menagerie auf dem Armaturenbrett nicht. Ein paar Kilometer später seufzt sie und setzt den Blinker, überquert die Gegenfahrbahn und biegt auf den Parkplatz ein, der zu einem Küstenlokal im Freien gehört. Von Zypressen hängen nasse Kreppbänder, Überbleibsel von den Karfreitagsfeiern, auf den Tischen hocken hässliche, aggressive Möwen mit aufgeplustertem Gefieder. Noch ist kein Gast da; nur die Möwen stehen nebeneinander auf den Bänken aus Eisenbahnschwellen, gangstermäßig aufgereiht, und beäugen missmutig das Auto. Eine landet auf der Motorhaube, noch ehe der Wagen steht, und späht durch die Windschutzscheibe. Du hältst ein Stück Schokolade hoch, sodass sie es sehen kann, und sie hämmert mit ihrem gelben Schnabel an die Scheibe. Eine Schliere Vogelspucke bleibt zurück.

Lani schaltet den Motor aus. Aus dieser Position kannst du den Strand bis zur Mole entlangblicken und siehst die paar vor der Mauer aufgestellten bunten Plastikeimer. Leute werfen Schnüre über der windgekräuselten Bucht aus, um nach wer weiß was zu angeln. Nach Quallen und Krötenfischen.

Du streichst eine misslungene Lotusblüte wieder zur Landkarte der Weinregion Margaret River glatt und bist entschlossen, nicht als Erste zu sprechen.

Lani sieht zu, wie du die Knickfalten glättest. Für dich war's anders, Ru, sagt sie. Du warst zu jung … Stimmt doch, oder? Mit dir war sie einfach anders.

Der Geruch, der dir schon die ganze Zeit aufgefallen ist, wird jetzt, ohne Fahrtwind im Innenraum, viel stärker. Er hat etwas Eigenartiges, animalisch Modriges an sich. Kein Hundegeruch; viel grasiger. Wieder drehst du dich auf dem Beifahrersitz um und spähst zur Rückbank. Hinter den Fahrersitz sind zwei pralle Plastiktüten gestopft.

Was ist das da?

Was? Sie wirft einen Blick nach hinten. Oh, das ist Wolle. Das Lanolin stinkt ein bisschen, oder? Sorry, ich riech es schon gar nicht mehr.

Du greifst in eine der Tüten und ziehst einen fettigen Strang aus dem Ballen, den du zwischen den Fingern rollst. Wozu brauchst du das?

Weiß ich noch nicht. Auf dem Weg hierher hat eine Frau vor ihrem Hof Wolle verkauft. Von ihren eigenen Lämmern, sagt sie.

Das ist doch die falsche Jahreszeit. Die werden furchtbar frieren.

Keine Ahnung. Aber sie hat selber sehr verfroren ausgesehen. Schmächtig. Hat mir irgendwie leidgetan.

Du zerfaserst den Strang Wolle. Mum nicht, sagst du.

Was meinst du?

Mum tut dir nicht leid.

Lani richtet sich auf. Mein Gott, manchmal schon! Und manchmal bin ich immer noch stinkwütend. Dann wieder empfinde ich so gut wie nichts – ich stelle mir ihr Gesicht vor, und irgendwas in mir blinzelt es einfach weg. Ist das schlimm?

Du zuckst die Achseln. Ja, vielleicht ist es schlimmer als Wut. Ist es mit Dad genauso?

Bei ihm empfinde ich auch nicht viel. Nein, ich glaube nicht.

Du *glaubst* nicht …

Na ja, weißt du, ab und zu seh ich jemanden. Von hinten oder von der Seite, in einem geparkten Auto. Im Wartebereich vor einem Terminal. Und dann ist es die Stellung seiner Schultern oder irgendwas. Wie er die Zigarette hält. Es schnürt mir fast die Luft ab. Ich weiß nicht, was das bedeuten soll. Natürlich irre ich mich immer, das seh ich sofort, wenn er sich umdreht. Und vor ein paar Monaten – aber er würde doch nie fliegen, oder? Es hat ihn doch immer krank gemacht, schon in der Army; hat er das nicht immer gesagt? Deshalb wusste ich die ganze Zeit, dass er's auch diesmal nicht war.

In der Geschichte, die deine Schwester erzählt, geht der Mann, der nicht dein Vater sein kann, mit grauem Rucksack und in dicker Zopfmuster-Strickjacke, die sich um seinen breiten Rücken spannt, in Perth an Bord einer Nachtmaschine. Sie sagt, sie weiß nicht mehr genau, warum sie, unter hundert anderen Passagieren, ausgerechnet auf ihn aufmerksam wurde. Sie hatte seit mehr als fünfzig Stunden nicht geschlafen und fühlt sich wie im Traum, wie unter Wasser. Wie im Traum scheint jede Begegnung leuchtend und bedeutend. In solchen Phasen ist sie dumm genug, einen Lottoschein zu kaufen und aus den Sprüchen, die ihr die Irren von Darlinghurst aus ihren stinkenden Haustoren, ihren Nestern aus Lumpen und Zeitungen nachschreien, Weisheiten herauszuhören. Sie weiß, ihr wisst beide, dass es nur Einbildung ist, eine erbliche Form der Selbsttäuschung.

Der Mann mit dem Rucksack ist groß und muss sich selbst in der Reihe vor den Notausgängen unbequem krümmen; er tut es wie einer, der sich mit einem gewissen Maß an Unbehagen abgefunden hat. Er hat seine Strickjacke ausgezogen und zu einem Rückenpolster gefaltet, und als Lani mit dem Getränkewagen vorbeikommt und ihn nach seinem Wunsch fragt, lächelt er leicht gequält und sagt: Nur ein Tonic, meine Liebe. Bisschen Zitrone, wenn Sie haben.

Meine Liebe. *Dear*, sagt er. Nicht *love*, wie hierzulande üblich. So spricht eher eine Frau. Jedenfalls klingt es zarter, denkt sie, während sie ihm sein Tonic einschenkt und eine Zitronenscheibe aufspießt. Als er nach dem Plastikbecher greift, sieht sie die Tätowierung, jedenfalls das letzte Stück davon, das unter dem aufgekrempelten Hemdärmel hervorschaut; die gespreizten Krallen, den zuckenden Schwanz. Sie hat bestimmt tausend Männer gesehen, die eine gesprenkelte Großkatze ihren Arm hinaufklettern lassen, aber dieses Tattoo ist anders.

Sie starrt intensiv genug hin, um ein Brandmal zu hinterlassen, aber der Tätowierte scheint nichts zu bemerken. Er nimmt ein paar große Schlucke Tonic, lehnt den Kopf zurück und schließt die Augen. Zwei Reihen weiter will jemand etwas von ihr – ob sie Eistee haben? Frischen Zitronensaft? –, und sie schiebt den Wagen weiter zu einer Frau mit zwei Gören, die nach Cola quengeln.

Als sie mit dem Snackwagen durch den Mittelgang zurückkommt, schläft der Mann; er hat sich mit seiner dicken Strickjacke zugedeckt, und von seinem Arm ist nichts mehr zu sehen. Dann wird die Kabinenbeleuchtung gedimmt, und auch die anderen Passagiere betten sich, ähnlich unbequem, zum Schlafen. Sie beschließt, ihn auf die Tätowierung anzusprechen. Bei der Landung. Vielleicht vorher, wenn sie sieht, dass er wach ist. Sie wird den richtigen Moment abpassen, und ihre Fragen werden harmlos sein, unpersönlich. Einfach neugierig. Wo das Bild herkommt, was es bedeutet. Ganz gewiss wird sie sich – oder ihn – nicht in Verlegenheit bringen, indem sie einfach mit der Tür ins Haus fällt: Haben Sie meinen Vater gekannt? Oder vielleicht tut sie genau das. Vielleicht ist sie mutig genug.

Während des restlichen Flugs findet sie immer wieder einen Vorwand, um an ihm vorbeizugehen, immer ist sie es, die aufspringt, wenn jemand den Rufknopf drückt, aber er schläft und schläft. Irgendwo über der Wüste fällt ein Triebwerk aus.

Oh, das ist nix Besonderes, sagt Lani, als sie sieht, wie

sich deine Augen weiten. Es passiert ständig; die Maschinen sind dafür ausgerichtet, mit nur einem Triebwerk zu fliegen, außerdem sind die Motoren so gebaut, dass es niemand außer den Piloten mitkriegt, wenn was schiefgeht. Trotzdem heißt es dann: Notlandung.

Das wahre Chaos bricht erst aus, wenn sie aussteigen und über den winzigen Hangarschuppen eines Flugplatzes am Rand der Zivilisation herfallen. Die ganzen Umleitungen müssen organisiert werden, für jeden geht die Welt unter, weil ihm wichtige Geschäftstermine an der Ostküste, Flitterwochenkreuzfahrten, sterbende Großtanten, Abschiedstourneen prominenter Entertainer durch die Lappen gehen. Der Mann vor dem Notausgang hält sich aus dem allgemeinen Gezeter völlig heraus, er wird kein einziges Mal laut, sondern sitzt geduldig mit einem Boulevardblättchen am Fenster der popeligen Lounge und beißt ab und zu von einem Schokoriegel aus dem Automaten ab. Aber wie's der Teufel will, kommt der richtige Moment nie, und bevor sie irgendwas sagen kann, werden sie in verschiedene Flugzeuge gescheucht.

Lani schweigt eine Zeit lang. Wieder lässt sie ihr Handgelenk kreisen, heftig, als wollte sie es sich ausrenken. Unten am Strand pflügen ein paar Kinder mit Hasenohren über der Mütze durch einen Haufen angeschwemmter Meerestrauben.

Das war's?

Das war's, sagt sie. Finito.

Du hast ihn gehen lassen. Ohne auch nur …? Die Frage ist nicht fair, aber sie antwortet, als wäre sie fair.

Ich werde das Gefühl nicht los, dass es vielleicht genau so sein sollte. Dass es letztlich … gar nicht darum ging, mit ihm zu reden.

Es ging nicht darum? Ach Lah, du bist wieder *so* abergläubisch! Nach den vielen Jahren fühlt sich der Spitzname wie etwas Fremdes im Mund an.

Das weiß ich schon, sagt sie. Ich sage nur, wie es mir vorkam. Wahrscheinlich war es ja einfach ein Motiv aus dem Tattoostudio. Aus dem Katalog, wo jeder Trottel danach verlangen kann.

Der Wind trägt Gelächter herbei und das Geprassel platzender Meerestrauben; es klingt, als schnippte jemand mit den Fingern, um einem stecken gebliebenen Wort auf die Sprünge zu helfen.

Was war eigentlich der Tropfen, der das Fass zum Überlaufen gebracht hat? War da irgendwas?

Ich weiß nicht, sagt sie. Aber Mensch! Der Hund vielleicht! Das hat ihn wirklich getroffen.

Ich meine, bei dir.

Oh. Weil du findest, ich soll mich entschuldigen.

Nicht mehr. Inzwischen ist es mir völlig wurscht. Aber ja, doch.

Okay, sagt sie. Aber sie tut es nicht.

Eines Tages wirst du's ihr sagen. Wie sich ihre Abwesenheit über seine geschoben hat. Wie er nach ihrem Abgang endgültig verschwand. An diesem Nachmittag aber bist du entweder nicht groß oder nicht klein genug, um es zu sagen, und sie fährt die acht Stunden zurück nach Sydney, ohne es zu hören. Fünf Monate später verlässt sie in Port Hedland ihre Maschine und weigert sich, zurück an Bord zu gehen. Sie trägt ihr Haar tierbabyfarben.

Sie wird schwanger von einem Ranger aus Esperance, und sie nennen ihre Kinder nach Orten, die sie eines Tages zu besuchen hoffen. Du schickst kleine Geschenke mit der Post an die Westküste. Sie schickt Fotos von den Geschenken, während sie getragen oder gehalten oder zerkaut werden.

Noch immer ist es dir ein Rätsel, wie es sein konnte, dass sie so wild war und du so zahm. Vor Urzeiten. Irgendwann in den Jahren seither hat sich ihre Wut anscheinend verbraucht, ist schnell und heiß verbrannt wie Benzin, das gleißend auflodert und im nächsten Moment verlöscht, ohne Rauch, ohne Rückstand.

Du fragst dich, wann dein wahres Leben beginnt. Du fragst dich, wozu dein ganzes Gutsein gut war.

Eines Morgens schaltest du das Radio ein und hörst einen Bericht über die neuesten Erkenntnisse zu genetischem Gedächtnis, Vererbbarkeit von Gelerntem. Bei den entsprechenden Studien wurde Mäusen durch Quälereien eine Abneigung gegen Kirschblütengeruch antrainiert, und die Frage lautete, ob sie diese Furcht ihrem Nachwuchs weitergeben. Die Mäusebabys sind befriedigend verängstigt. Jenseits allen berechtigten Zweifels. Kaum nehmen sie einen Hauch jenes künstlichen Blütendufts wahr, dem die mit Stromstößen gepeinigten Mäuseväter ausgesetzt waren, schon drängen sie sich zu einer zitternden grauen Masse in einer Ecke ihres Käfigs zusammen, obwohl er unverkabelt und harmlos ist.

Manchmal fällt dein Blick auf deine geballten Fäuste. Du wusstest nicht, dass sie geballt sind. Ein Verhalten, das nicht deinem Willen unterliegt, auch wenn du vermutest, dass irgendein Teil deines Gehirns sehr wohl den Befehl dazu gibt. Absichtlich. Und du kannst dir zwar nicht ganz erklären, welche Beweggründe dahinterstecken, aber Theorien hast du sehr wohl.

Hier ist der Hippocampus. Hier die Amygdala. Hier sitzt die unwillkürliche motorische Kontrolle …

Etwas, das du nicht anschauen sollst, etwas, das jedes Interesse daran hat, nicht gesehen zu werden. Die Schwanzspitze von etwas Fürchterlichem, das um die Ecke verschwindet. Was versteckt sich da? Was ist so schrecklich, dass du nicht wagst, es anzusehen? Noch ehe du folgen kannst, bohren sich schon deine Fingernägel in deine Handflächen. Beim ersten Schnurrhaar einer möglichen Erinnerung flüchtest du in deine Käfigecke.

Es hilft nicht viel, dich einfach wegzudrehen – das Heulen, das von Zeit zu Zeit in dir aufsteigt, lässt sich nicht den Mund verbieten. Es ist ein dumpfes Echo in deinem Blut, das aus irgendeiner unbegreiflichen Ferne herkommt. Das Rauschen gewaltiger Schwingen, eiserner Räder, die knirschend auf einer Lehmstraße fahren. Altes Grauen. Und weil du nicht den Mund dafür aufmachst, weil du es nicht herauslässt, das Heulen, bahnt es sich andere Wege, kommt als Schweißausbruch und Zittern, wie bei deinem Vater. Ein ungestümer Tremor, der dich manchmal auf den Badezimmerboden wirft, wo du die Wange an die kühlen schmutzigen Fliesen drückst und abwartest, bis es fertig ist mit dir, sich umdreht und davonwälzt wie eine abziehende Gewitterfront an der Küste. Vor dem Hintergrund von zerbröselndem Fugenkitt, verstreutem Aspirin, dem einen flach getretenen Pantoffel hinter der seifenverkrusteten Klauenfußwanne wirkt das gewaltige Grauen fast lächerlich.

Zwanzig Minuten verglühen. Eine ganze Stunde. Unterdessen hast du andauernd das Gefühl, dass du Licht und Hitze abstrahlst, dich leuchtend verströmst, wie ein kollabierender Stern. Und du denkst: Diesmal. Wenn niemand kommt. Diesmal sterbe ich.

Aber keineswegs. Es kommt niemand, und du stirbst nicht. Du lässt dir ein Bad ein, sinkst in die Wanne und bleibst darin, bis das Wasser kalt ist und deine Lippen bleich, bis unten die Türen knallen und Stimmen aus der Küche heraufschallen, fremde und vertraute. Dann steigst du heraus.

Immer wieder erwachst du aus diesen Träumen. In denen die Toten zurückkehren, um einen Blick auf dich zu werfen, um zu sehen, was die Jahre mit deinem Gesicht gemacht haben. Immer hast du dabei das Gefühl, an einer sonnenwarmen Ziegelmauer zu lehnen, das einlullend und schlicht und vertraut ist. Du riechst Süßes, Betörendes, eine Mischung aus Magnolienduft und Rasenmäherbenzin. Und eine Zeit lang ist es okay, dieses ganze Wiedersehensgeplauder. *Sag mir, Liebes, auf was freust du dich?* Wie frech ihre Kinder allmählich werden, und wann wohl die Wasserbeschränkung aufgehoben wird.

Ehrlich gesagt, es sieht alles ziemlich ausgedörrt aus. Aber ehrlich gesagt, bin ich selber ein bisschen ausgedörrt. Ich kann mich eigentlich nicht beschweren, ich hab doch keinen Grund zur Klage!

Und abgesehen von diesem Durst kein Wort, kein Hinweis auf den Tod. Keine eingefallenen Wangen, sogar die Augen glänzen noch. Nach einer Weile aber hast du das Gefühl, dass es deine Aufgabe ist, ihnen allen stillschweigend mitzuteilen – aus reiner Höflichkeit, so wie man zum Beispiel einen verstohlenen Hinweis auf einen offen stehenden Hosenladen gibt –, dass sie nicht mehr am Leben sind.

Du bist sicher, dass jeder Mensch früher oder später diesen Traum hat, jedenfalls eine Variante davon. Dass er ebenso verbreitet ist wie der Traum von den ausfallenden Zähnen. Nur schwerer zu verstehen, denn der Zahntraum bedeutet für alle mehr oder minder dasselbe: *Sieh dich um, Veränderung steht an.* Während die zurückkehrenden Toten dir immer etwas Bestimmtes mitteilen wollen, das nur dich angeht – muss es nicht immer so sein? –, nur dass sie es dir nie direkt sagen. Du möchtest sie an den Schultern packen und es aus ihnen herausschütteln. *Was wollt ihr? Was wisst ihr?* Du versuchst sie zu zwingen. Aber die Toten lächeln nur, als hätten sie Nachsicht mit dir. Die Toten werden sehr distanziert und wechseln das Thema. Fragen, ob es bei Arnott immer noch die Kekse gibt, die sie so gern mochten, diese Kokosnusskekse. Und wenn du ihnen verdutzt antwortest, nein, schon seit Jahren nicht mehr (*seid ihr wirklich schon so lange weg?*), scheinen sie damit weniger leicht fertigzuwerden als mit der Erkenntnis ihrer eigenen Sterblichkeit.

So lang? Tja, wird wohl so sein, Liebes, wird wohl so sein.

Wenn er tot wäre, würden wir das doch erfahren. Mach dir da mal keine Gedanken. Und wenn er gefunden werden wollte, würden wir das ebenfalls erfahren.

Aber hast du gesucht?

Ob ich gesucht habe, Ru, sag's du mir: Wie oft, wie lang hab ich ihn gesucht? Bin ihm nachgerannt? Hast du die ganzen Jahre geschlafen, Mädchen, hast du geträumt? Deine Mutter, dir den Rücken zugekehrt, in der Küche dieser gesichtslosen Vorstadtwohnanlage. Pflegeleichte Jalousien, der Tisch leer bis auf eine Schale mit Zitronen und den großen roten Kater, der sich auf dem Programm der Pferderennen ausgestreckt hat.

Wie auch immer, sagt sie und schraubt zärtlich an den löwenartigen Katzenohren herum. Was ist denn los, dass du auf einmal an ihn denkst? Ich wette meinen letzten Dollar mit dir, dass *er* überhaupt nicht an uns denkt. Wo immer er ist. In irgendeinem Kaff.

Ach, ich weiß nicht, sagst du. Kratzt an wächserner Zitronenschale und gähnst, wie Lani gähnen könnte. Wahrscheinlich hab ich auf der Fahrt hierher im Radio was über den Vatertag gehört. Das wird's wohl gewesen sein. Eigentlich denke ich gar nicht oft an ihn. (Das ist die eine Form von Loyalität. Eine andere ist: *Sie hat nicht direkt Grüße ausgerichtet, aber nach dir gefragt hat sie schon.*)

Hier, sagst du und schiebst ein Foto über den Küchentisch.

Deine Mutter betrachtet das Foto, nickt wie zur Antwort auf eine private Frage. Fragt, ohne aufzuschauen: Wer ist wer?

Die eine, die das Quokka streichelt, ist Alyeska. Die andere ist Skye.

Sie nickt wieder. Später steckt sie das Foto zwischen die Seiten eines Kochbuchs, das sie selten aufschlägt, Kuchen für Kinder.

Irgendwann in ihren Fünfzigern hatte sie zu der strengen skandinavischen Schönheit zurückgefunden, mit der sie ins Leben gestartet war, jetzt allerdings ein bisschen müde, ein bisschen abgewohnt. Morgens nimmt sie sich alle Zeit der Welt, um sich zurechtzumachen. Die Lippen konturiert und ausgemalt, das silberblonde Haar mit einer Markasitspange hochgesteckt. Das tut sie für sich, sagt sie. Kein *früher war ich mal.* Jetzt ist sie wieder. Gleichsam wieder ins Testament eingesetzt. Nur dass sie jetzt nicht mehr viel damit anfangen kann, es gibt nichts, wofür es sich auszugeben lohnte. Sie winkt ab, als du fragst, ob sie nicht einsam ist.

Ich war einsamer, als dein Vater noch da war. Und es ist ja nicht so, dass eins von euch Mädchen jetzt noch einen Vater bräuchte. (Immer noch *Mädchen.* Immer noch so dickköpfig.)

Allerdings bekommt sie heute mehr männliche Aufmerksamkeit denn je, jedenfalls mehr, als dir in Erinnerung ist. Manchmal ertappst du einen, der sie anstarrt, in der Öffentlichkeit, aus der Ferne. Selbst wenn sie ganz schlicht gekleidet ist – das blaue Baumwollsommerkleid, das sie damals anhatte, als es brannte; jahrzehntealt ist es jetzt, wieder und wieder abgenäht –, selbst dann hat sie was. In der verhaltenen Anmut ihrer Gesten. Etwas Fesselndes. Wie sie in Trang's Grocery Steinobst aussucht und ihre schlanken Hände sich so zart um die Samthaut eines Pfirsichs, einer Aprikose legen, als prüfte sie ihre Wärme. Wie sie sich mit der gleichen feierlichen Sorgfalt bewegt, als trüge sie ein randvolles Gefäß vor sich her, von dem kein einziger Tropfen danebengehen dürfte.

Mag sein, dass die Aufgabe, nichts zu verschütten, sie

derart in Anspruch nimmt – jedenfalls wirkt sie ferner als in deiner Jugend. Ferner als in der Zeit ihrer Wutausbrüche, ihrer maßlosen Enttäuschungen, ihres grimmigen Haareausreißens.

Du stöberst in den Badschränkchen nach Hinweisen, nach Medikamenten, die eine Erklärung für ihre Kühle, ihre Entrücktheit wären, aber du findest nichts, gar nichts, das sie belasten, das wenigstens ein Hinweis sein könnte. Sogar die Wände ihres Häuschens, die mit ihrem schimmernden Porzellanweiß wie das Innere einer Eierschale aussehen, sind leer. Kein Bild wurde aufgehängt, es gibt nicht mal die Spur eines Reißnagels. Als wollte sie sagen: *Schaut! Hier ist nichts passiert! Hier ist noch nie was passiert!*

Manchmal aber ist sie in Gedanken weit fort, auf etwas konzentriert; dann siehst du, wie ihre Zunge nach der Zahnlücke tastet, die *er* ihr hinterlassen hat. Und ab und zu taucht im Suchverlauf des alten PCs, den Tante Stell ihr eingerichtet hat, sein Name auf. Du brauchst den Links nicht zu folgen, um zu wissen, dass keiner zu ihm führt, dass der Name Jack Burroughs ein Fangnetz ist, von weit entfernten Anwälten über Zahnärzte und Hochzeitsfotografen bis Motocrosshelden.

Wenn ihr beide nach Norden fahrt, um Tetch zu besuchen, spitzt du die Ohren: Hält auch sie den Atem an, wenn es an eurem alten Haus vorbeigeht, wie sie es laut eigener Aussage bei Friedhöfen macht? (Das tut man doch nicht, in Gegenwart von Leuten atmen, die nicht mehr atmen können, sagt sie dann, aber du ahnst, dass ein anderer Grund dahintersteckt – der nicht unbedingt vernünftiger sein muss.)

Du hingegen – ja, du hältst tatsächlich die Luft an. Alte Verletzungen und kleine Diebesbeuten, im Garten vergraben. Kraftausdrücke, die du bäuchlings im Staub unter dem Haus in altes Holz geritzt hast. Die Dachziegel, die erst deine Fußsohlen rot färbten, dann unter ihnen zerbrachen. Das alles ist immer noch da, und es kann gut sein, dass es dich hört und aufwacht.

Jetzt wächst dort allerlei Gesträuch, weiß blühender Schneeball vor allem, als Sichtschutz. Grün-orange gestreifte Markisen vor den vorderen Fenstern, wie knallige Lidschatten. Auf dem Rasen die verstreuten Hinterlassenschaften einer anderen Familie, und neben der Haustür aufgereiht die Gummistiefel von Vater-Mutter-Kindern.

Dennoch rechnest du halb damit, jemanden von einer Familie dort zu sehen, im Schein einer flackernden Neonlampe in der Küche oder das Rolltor der Garage hochziehend.

Deine Mutter auf dem Beifahrersitz starrt aus dem Fenster und sagt nie: Schau … Sagt nie: Weißt du noch, wie …? Doch ihr Blick gleitet vielleicht über den Rasen, die aufgereihten Gummistiefel, das Dreirad, den rot gesprenkelten Cattle Dog, der sich um die eigene Achse dreht und zur Straße hinauskläfft, dein schwarzes Auto anbellt.

Wir kommen zu spät, wie immer.

Es wird ihm nichts ausmachen, mein Schatz. Es macht ihm nie was aus.

Immer liegen neben dem Briefkasten deines Onkels die Gaben aus: der Überschuss der Gartenernte, die er nicht bewältigt, seitdem niemand mehr mitisst. Umfunktionierte Eisbehälter voller Pflaumen, Aprikosen, Orangen. Ein Zettel dabei, auf dem steht: *Zu verschenken.* Dabei werfen sie ihm die Früchte meist zurück zu seinem Truck, wo sie dann halb faulig an der Windschutzscheibe kleben. Trotzdem stellt er auch die nächste Ernte wieder raus. *Bedienen Sie sich.*

Warum?

Sturheit wahrscheinlich, sagt er, achselzuckend. Ich lass mich von diesen Mistkerlen doch nicht runterziehen.

Deine Mutter spricht mit ihm, wie sie früher mit den Hasen gesprochen hat, aber erst als du sie mit ihnen und trübem Selbstgebrauten allein gelassen hast. Hat was seltsam Raues in der Kehle, das Zeug, fühlt sich an, als schluckte man Grassamen. Das leise Gemurmel ihrer Stimmen folgt dir hinaus in den Garten, wo du zwischen überfüllten Beeten auf und ab wanderst. Gurken und Paprika, Tomaten, mit zerlöcherten Strumpfhosen aufgebunden – *Mitternachtsblau, Seidennebel* –, die deine Mutter ausrangiert und für ihn aufbewahrt hat. Sollte zwischen den beiden mehr sein, willst du's jedenfalls nicht wissen. Du brichst eine Erbsenschote vom Spalier, beißt hinein, schmeckst Wassermangel. Spuckst sie aus in den Mulch, wo die gelben Knochen irgendeines Tiers aus der staubigen Erde ragen.

Tetch wird wieder versuchen, deiner Mutter Magnoliensteckinge mitzugeben, die er gerettet hat, als die neuen Bewohner das Haus erweitern wollten und dafür den Baum fällen mussten. Er versorgt sie mit Perlit und Torfmoos, Spezialdünger in Margarinebehältern, mit handgeschriebenen Anweisungen, was sie tun muss, um die Bewurzelung zu fördern, aber es hilft alles nichts. Sie stellt jeden neuen Versuch hinter die Waschküchentür, wo der wurzellose Steckling in seinem Behelfstreibhaus zu einer schwärzlichen Leiche vertrocknet.

Doch immer noch wirfst du verschüttetes Salz über die Schulter, sogar im Restaurant. Immer noch zählst du die Elstern in den Zypressenzweigen, als hätte ein höheres *Etwas* sich die Mühe gemacht, sie dort im Baum zu platzieren, damit du aus ihrer Zahl irgendeine Bedeutung herauslesen kannst. Immer noch macht dein Herz einen Satz, wenn ein Spatz sich ins Haus verirrt, wenn ein einsamer Weihnachtsschmuck es bis in den Januar schafft.

Als du deine Nichten zum ersten Mal siehst, stehen sie schon auf eigenen Beinen rechts und links von deiner Schwester in der Tür. Schmiegen sich scheu an sie, um die Beruhigung durch die sommersprossigen Mutterhände auf ihren flaumigen Köpfen zu spüren.

Sagt Hallo, sagt sie zu den beiden. Wie sich's gehört.

Während eines ganzen jakarandastrotzenden Weihnachtens mit violetten Blüten anstelle grüner Nadeln hörst du die liebevolle Stimme deiner Schwester von einem Zimmer zum anderen singen: Wo ist meine Kleine? Wo ist denn meine Süße …?, und hörst zur Antwort die Mädchen den Flur entlanggaloppieren.

Mit einem Drink sitzt du draußen auf der Terrasse, drehst das Glas in der Hand, lässt es warm werden. Eine Touristin sogar hier, siehst du ihren Kindern zu, wie sie kreischend durch die Sprühnebelschauer des Rasensprengers rennen.

Zuerst hatte ich schreckliche Angst, sagt sie. Leise,

als könnte jemand mithören und falsche Schlüsse ziehen. Ich hatte schreckliche Angst, dass ich nicht genug Gutes in mir habe, um was Gutes zustande zu bringen. Dass ich nicht … nicht biologisch natürlich, aber der Mensch hat ja auch sonst alle möglichen Bedürfnisse. Weißt du, was ich meine?

Ja, sagst du, ganz genau. Dir selber sagst du, ja, genau hier sollst du jetzt sein. Du sagst dir, du könntest dein Misstrauen abschütteln, dieses Misstrauen gegen alles, gegen jede Liebe, die dir zufällt, einfach so. Du sagst dir, dass du jetzt still sein und den Tag sich blähen lassen wirst wie ein Segel, und die Tage danach ebenfalls. (*Haben wir's geschafft?*, möchtest du sie fragen. *Sind wir hier?* Diese Sage, die du mal gelesen hast, von Kindern, die als Splitter in der Ferse einer Art Muttergöttin beginnen; wie lang brauchen sie, bis sie sich durch die Haut ins Freie gearbeitet haben?)

Silvester; sie öffnet die Läden und lässt das zinngraue Spätnachmittagslicht herein, die sich heranwälzende Wucht eines Sommergewitters.

Hoffentlich ist das kein schlechtes Zeichen …

Schatz, das ist *kein* schlechtes Zeichen. Ihr freundlicher Mann, kopfschüttelnd: noch eine Stunde, und ein Taxi wird gemächlich die nasse Kiesauffahrt heraufkommen. Hinter der getönten Scheibe diese flaumige weiße Korona.

Er steht in der offenen Hintertür, um Ausschau zu halten, und pfriemelt Notbatterien in ein altes Radio. Er dreht am Sendersuchknopf, vorbei an Hitparaden und Sportkommentaren, bis er den BBC World Service gefunden hat. Leise und monoton werden die Seewettermeldungen für die Schifffahrt verlesen. Ihr lauscht, alle fünf, macht für die Mädchen ein Spiel draus, während das Fernsehen ausgefallen ist. Alle liegen beinahe reglos und beinahe lautlos auf dem Wohnzimmerboden und lauschen ehrfürchtig der Litanei der Wettervorhersagen für Orte am anderen Ende der Welt, die wie aus dem Märchen klingen: Viking Nord null Süd bei null Südwest nach Nordwest drehend fünf oder sechs gelegentlich sieben später vielleicht Sturm acht später Schneeschauer ergiebig bis schwach Forties Cromarty West auf Nordwest drehend fünf oder sechs Schauer ergiebig ... Dreißig Meilen eintausend und eins langsam fallend drei sieben Meilen neun neun neun langsam fallend Ronald's Way Westnordwest drei sechzehn Meilen neun neun neun langsam fallend Melonhead Nordwest fünf Schauer fünf Meilen neun neun neun ... Jetzt steigend, und die Mädchen ersteigen ihrerseits aufgedreht die Möbel, wollen noch höher hinaus. Lassen sich abwechselnd von verschiedenen Absprungstellen – Armlehnen und Stühlen – auf die Brust ihres Vaters, in seine Arme fallen.

Jetzt fallend – hilf mir runter!

Jetzt steigend – hilf mir rauf!

Sie schaffen es, aus allem ein Spiel zu machen, diese drei, flüstert Lani, während sie über den Parkettboden hinweg die Hand nach dir ausstreckt. Und ich hatte so verdammt viel Angst ...

Langsam fallend – hilf mir langsam zu fallen!

Jetzt ansteigend!

Du spürst, wie ihre Hand sich sacht um deine schließt. Steigend. Okay, ja. Dank irgendeiner verborgenen Gnade. Das Herz öffnet sich bei der Erinnerung – beim Nachhall der Erinnerung daran, wie es sich anfühlt, einen Fuß in jemandes (*seine?*) zum Steigbügel verschränkte Finger zu stellen und sich – *hopp-hopp-hopp* – schwerelos in die scharfe, silbrige Luft stemmen zu lassen. Und einen Moment lang in der Höhe zu schweben, wie ein Stern zwischen dem körnigen Himmel und dem Meer. Wann war das? Und wenn du jenen Augenblick mit dem gegenwärtigen exakt in Deckung bringen könntest, was schöbe sich dazwischen? Was fiele heraus, ginge verloren?

Du denkst: Hier. Bitte. Lass sie uns genau so finden.

Aber die Erinnerung löst sich auf wie eine sich abwickelnde Fadenrolle. Und der Faden reißt. Wieder lassen sich die Mädchen in die Arme ihres Vaters fallen, und im Radio werden jetzt die Schlagzeilen verlesen – Westafrika fällt, Rohöl und Rubel fallen. Griechenland fällt immer noch. Nur die Meeresspiegel und der US-Dollar steigen – und der Mann, über dessen Schultern du geflogen bist, verschwindet, wie immer. Du bist wieder auf dem harten Parkettboden; es ist, als schlügst du rücklings auf der gläsernen Oberfläche des Meeres auf, nach Luft ringend. Vertrocknete blaue Blütenhülsen, die herabgefallen und unter den Tisch, hinter Stuhlbeine gefegt wurden, sich im häuslichen Staub verfangen haben. Deine Schwester lässt deine Hand los und steht auf, und genau in dem Moment siehst du sie draußen über den aufgeweichten Rasen aufs Haus zukommen. Leichtfüßig schreitend durch das Konfetti der zwischen Gras und Steine gewehten Blüten, als sei eine Parade vorübergezogen.